JN304251

ぶ た ぶ た

矢 崎 存 美

徳 間 書 店

CONTENTS

初恋

私はその朝、とても焦《あせ》っていた。

いつも時間どおりにやってくるベビーシッターが、まだ来ないのだ。

今日は会社で会議がある。その準備をしなくてはならず、少し早めに出たいのに、これでは遅刻してしまう。

いらいらしながら待っていると、ようやくチャイムが鳴った。玄関にすっ飛んでいってドアを開ける。

そこにはぶたのぬいぐるみが立っていた。

「おはようございます」

どう見てもピンク色のぶたである。とても小さい。バレーボールが立っているみたいだった。手足の先に、濃いピンクの布が張ってある。大きな耳の内側にも、同じもの——そして、右耳が少しそっくり返っている。

それがなぜご挨拶《あいさつ》?

「あ……は、はい、おはようございます」

思わず返事をしてしまったが、どういうことだ? 私が待っていたのは、ベビーシッターのはずなのに……。

ぬいぐるみは背負っていた黄色いリュックを「よっこいしょ」とおろし、手をぱふぱふと叩《たた》いた。

「遅くなって申し訳ありません。はじめまして。私はこういうものです」

ぬいぐるみが名刺を出した。つい受け取って読んでみると——ベビーシッター会社の名刺だった。「人事担当部長　山崎《やまざき》ぶたぶた」と書かれている。許可証も取り出す。写真付き。ぬいぐるみの。耳もちゃんと曲がっている。

「はあ、あのう、山崎……さん？」

ぬいぐるみは私の膝《ひざ》ぐらいしか丈《たけ》がないのだけれど、名刺出されて呼び捨ては失礼かと思って。

「ぶたぶた、とお呼びください」

実ににこやかに——と言ってもぬいぐるみの目は黒いビーズで、表情はよくわからないはずなのだが……。話す時は、突き出た鼻の先がもくもく動く。

「申し訳ありません、いつもの者は私の部下なんですが、急に体調を崩しましてね。それで私が参りました」

「えっ、部下なんですか⁈」

いつもは人間が来ている。

「ええ。彼女はとても優秀ですよ」

「はあ、それはわかってます……」

うちの四歳の娘も、とてもなついている。

「あ、無駄話をしてしまって。もうお出かけですよね？」

「は、はい」

時間がなかったので、帰ってください、とも言えず、私はぬいぐるみを家に上げた。

「彼女からの引き継ぎは万全ですので、安心してお出かけください。お嬢ちゃんはどこですか？」

「はあ、あのう……」

どうしようか、と思ったとたん、娘が居間に走り込んできた。

「ママ、ママこれ何？　何何何?!」

「あのね、これ……じゃないこの人は――」

「うわーい！」

娘は何も聞かず、ぬいぐるみを鷲摑《わしづか》みにして居間を走り回った。

「あ、大丈夫ですんで、どうぞお出かけください」

ひっつかまれても動じることなく、ぬいぐるみは言った。

私は動転していたので、何を娘に言ったかよくわからないまま、家を出てしまった。

途中、駅からベビーシッターの会社に電話をする。

「ぶたぶたはベテランですよ。ご安心ください。何かありましたら必ず会社の方にお知らせしますから」

にこやかないつもの受付の女の子の声が言うが、これももしかしたらぬいぐるみなんだろうか。


仕事を早く切り上げようと努力したが、ダメだった。それでもずっと走り通しで帰宅する。昼間、単身赴任をしている夫に電話をしたが、ベビーシッターがぬいぐるみだと言っても信じてもらえなかった。私だって信じないと思うけど、そうなると自分の方がおかしいんじゃないかと思ってしまう。

家は真っ暗だった。ああ、だから……やっぱり育児疲れでおかしくなったのかな……会社辞めるか、夫に帰ってきてもらおうか……。

そう思いながら居間の灯《あか》りをつける。

「ぎゃあああああっ！」

私は悲鳴をあげ、腰を抜かした。居間のテーブルの上に、ぬいぐるみの首があああっ！

「奥さん」

「きゃあああっ！」

「奥さん、落ち着いて」

テーブルの上に載《の》った首が、鼻をもくもくさせてしゃべっているうぅっ。

「どっどうしたのよ、それ?!」

「いえ、テーブルに縛《しば》りつけられてるだけです」

よく見れば、テーブルの上にうつぶせに広げられ、なわとびの縄でくりつけられていただけだった。身体《からだ》はほぼぺったんこになっていたが、頭は前を向いていたもので……ああ、びっくりした。

「芙美《ふみ》ちゃんは器用ですね」

た、たまにするんだ、あの子……。私が謝りながら縄をほどくと、なんと腕までぶらーんと取れそうになっている。私はまた平謝りした。

しかしぬいぐるみはあわてない。リュックからソーイングセットを取り出すと、片手だけですいすいと腕を縫い、あっと言う間に元どおりにしてしまった。その間に身体も膨《ふく》らむ。

「慣れてますから、大丈夫です」

元のぬいぐるみに戻って、私はやっと力が抜けた。

「お掃除の途中だったんですけど――」

「いいですっ、あとで自分でやります……」

それでも部屋は充分きれいだった。娘は眠っていたが、お風呂《ふろ》に入ったらしく、せっけんの匂《にお》いをさせている。

「あの、お風呂……」

「はい？」

「どうやってお入れに……」

「私が洗ってあげました」

「タオルで？」

「私が」

私の動きは数秒止まっていたと思う。ぬいぐるみもさっぱりした顔をしていた。

「じゃ、失礼してよろしいですか？」

「は？　あ、はいはいっ」

つい返事をすると、ぬいぐるみはぺこりとお辞儀《じぎ》をして、

「明日はいつもの者を来させます」

と言って帰っていった。

「今日は来ないの？」

朝食の支度《したく》をしていると、娘が言った。

「ぶたぶたのおじちゃん」

「え？　誰？」

「えっ、おじちゃん⁈」

オス……男かどうかもわからんかった。

「お、おじちゃんなの……？」

「そうだよ。おじちゃん、面白いよ。今日も来ないかなあー」

しかしやって来たのはいつもの若い女性である。娘はかなりがっかりしたようで、私が出勤するまで泣きべそをかいて、ぐずり続けていた。

仕事が終わって帰宅をすると、ベビーシッターの女性が、

「昨日はすみませんでした」

と感じのいい笑顔を曇《くも》らせ、改めて言う。

「いえ、そんな……かわりの方、いらしてくれたし……」

しばらく迷った末、訊《き》いてみた。

「あの……あの方……部長さん……あの……どういう方なんですか？」

どう訊いたらいいのかわからず、変な言い方をしたのだが、答えにもっと驚いた。

「あれは父です」

……「えっ、あんた人間じゃん⁈」と言いそうになるのをかろうじてこらえる。

「うちの会社、家族経営なんです。社長は母なんですけど、父は社員教育を」

「ああー、そーおぉ……似てらっしゃらない……ですね」

「ええ、母似で。姉はそっくりですけどね」

「えっ、お姉さんそっくり?!」

「姉はうちの仕事手伝ってなくて、銀行員の奥さんなんですけど」

その銀行員は人間かっ?!

「お父さまとお母さま、どこで知り合ったんですか?」

不躾《ぶしつけ》と思いながらも、遠回しに訊けるほど余裕がなかった。

「幼なじみだそうです。小さい時から、ずっと一緒だったんですって」


それ以来、あのぬいぐるみはうちにやってこなかった。あれから夫がまた転勤になり、親子揃《そろ》って引っ越しをしたので、あのベビーシッター会社を利用することがなくなってしまったのだ。私も、二人目の子供ができたので、仕事を辞めた。

引っ越してからのあわただしさにまぎれて、あの時のことははるか遠くに行ってしまったようだった。今は、少し落ち着いて考えられる。

けれど、やっぱり本当にあったこととは思えなかった。たとえ娘が忘れていなくても。少なくとも昨日までは。

今日、所用で以前の家の近くに出かけた時のことだ。彼——あのぬいぐるみを見かけた。

商店街で大根を買って、歩いていた。何人もの人が、彼に声をかけていく。みんな知り合いや友だちのようだった。呼び止められるたび、立ち止まって挨拶をする。何かを買ったり、もらったり——ごく普通の夕食の買い出しの風景だった。

あまりに買い込んで、よたよたよろけるのを見た私が、手伝おうか、と近寄りかけた時、後ろからハイヒールをはいた中年女性が走ってやってきて、そっと大根の葉を持った。見上げた時の彼の顔——ビーズ目なんだが——と見下ろす彼女は、とても幸せそうに見えた。

「あっ、ぶたぶたのおじちゃん!」

娘のはしゃいだ声に、はっとなる。彼女は、ウインドウに飾られたぬいぐるみを、一心に見つめていた。

娘はいまだに彼に似たぬいぐるみを見ると呼びかけ、見入る。先日、ものすごく似ているぬいぐるみを見つけた時など、ウインドウから離れなかった。むりやり連れていこうとしたら、泣き叫んで寝転がって——今までないくらいのだだをこねた。

その時は買ってあげなかったけれど……今はなんだか買ってあげたい気分だった。きっと彼女にとって彼は、初恋の相手だったのかもしれない。縛ってたけど。

——小さい時から、ずっと一緒だったんですって——

彼の娘の言葉を思い出し、万が一――いや億《おく》が一の時の自分の気持ちがどうなるか想像しようとしたが、あまりにも遠いことに思えて微笑《ほほえ》むしかなかった。

最高の贈りもの

その日、小出美恵《こいでみえ》は生まれて初めて学校をさぼった。

学校とは別の方向に足を向けた時にはとてもどきどきしていたけれど、遠く離れれば離れるほどそれも薄れる。

そういえば、本当に久しぶりだ。誰かとつるんでいないなんて。でも、一人になるとどこに行ったらいいのかわからない。そんな気分になる自分が少し腹立たしかった。

とりあえず、いつも誰かしらとうろついている原宿に行ってみた。行ったところですることといってもぶらぶらするしかないのだが。

けど、これっていつもやってることじゃないか。

それを一人でやるとなると、こんなに心細くなるなんて……何だか釈然としないまま、やはりいつも行っている大きなおもちゃ屋の前に立ち止まった。

誰かと一緒の時に、欲しいものを買ったためしがないな。

そうか、あたしはきっと買い物がしたいんだ。美恵はそう思いついたことで納得して、さっそく店内に足を踏み入れた。

店の中は赤と緑色にあふれている。もうすぐクリスマスなのだ。

そう思った瞬間、さっきまで浮き立っていた気持ちが冷えていった。何も欲しいものがない気がして、足取りが重くなる。

一階を見て回ったのち、二階に行く。高校……いや、中学に入ってから、ずっと二階には行ってなかったなあ。

確か、ここに美恵の欲しいものがあったと友だちが知らせてくれていた。

だが、かろうじて思い出したその品物は、あとかたもなく売り切れていた。美恵の口から、周りの人が振り向くぐらい大きなため息が出る。

帰ろうとした時、ふとそれが目に入った。

ぬいぐるみ売り場の片隅に、それはひっそりと座っていた。

新品のぴかぴかなぬいぐるみたちに囲まれて、まるで迷い込んでしまったかのようなそれ――薄汚れたピンクのぶたのぬいぐるみだった。

明らかに手垢《てあか》にまみれた色のけばだった布地、だらしなく傾《かし》げた姿勢……何となく疲れたように見えるのは気のせいだろうか。

かわいらしい顔をしているのに、どうしてこんなに哀《あわ》れなんだろう。

美恵はそのぬいぐるみを抱えてみた。バレーボールくらいの大きさだ。軽くて、張りのない手触《てざわ》りだった。何人もの人に触られて、中にすきまができているようだ。そのせいかもしれないが、とても柔らかくて温かい気がする。

かわいがられたこともあるんだろうか、この子も。

なのになぜ、こんなところにいるんだろう。置き忘れられたの？　それとも……捨てられた？

そう思った瞬間、美恵はそのぬいぐるみをバッグに突っ込んでいた。柔らかいその身体《からだ》はへしゃげたが、すきまにぴったりとおさまった。

そのまま美恵は、おもちゃ屋を出た。誰からも咎《とが》められることはなかった。


家に帰ってから、ぬいぐるみを自分の部屋のテーブルに置いた。

よくよく観察してみると、耳の片方が後ろに折れ曲がっていた。アメリカンカールという猫みたいな耳だ。いくら直してもまっすぐにならなかった。

美恵は、自分の片方だけ一重《ひとえ》の目を思い出す。

おとなしい成績優秀なよい子で通っている自分が、まさか万引きをするとは思わなかった。そうだ。これはまさしく窃盗《せっとう》なのだ。

でも、何だかとてもいい気分だった。自分が欲しかったものって、これだったのかな。

まだ母は仕事から帰っていない。今のうちにごはんを食べておこう。

美恵は部屋の灯《あか》りを消して、階下に降りていった。

「すいません」

何だかすぐ近くで声が聞こえる。

「すいません、起きてください」

起きてって……朝なのかな。でも、それだったら起こすのはママのはずなのに……。

「こんなところでうたた寝をしても風邪ひくだけですよ」

こんなところって……？

美恵は目を開けた。

目の前に、ぶたのぬいぐるみがいた。

「ああ、ようやく起きてくれた」

聞き憶《おぼ》えのない声が聞こえた。

美恵が身体を起こすと、ぬいぐるみがお腹《なか》の上から転げて、カーペットの上にうまいこと落ちる。

あれ、おかしいな。ぬいぐるみはテーブルの上に置いてあったはず……。

頭に手をやると、湿った髪の毛が指にからまった。そうだ。確かごはんを食べてお風呂《ふろ》に入って——ここに戻ってきて、そのまま居眠りをして……。

時刻はまだ夜の十時だった。うたた寝とはいえ、ほんの少しだったらしい。髪もまだびしょびしょだ。

「濡《ぬ》れたまま置いておくのは、髪に悪いですよ」

また声がした。

「……誰？」

「それは私も訊《き》きたいんですけど」

美恵は部屋を見回した。誰もいない。立ち上がってクロゼットを開けた。部屋のドアも開けたが、階下からはテレビの笑い声が聞こえるだけだ。

「私です、私」

足元から声がした。

下を向くと……ピンクのぶたのぬいぐるみが。美恵のパジャマのすそをつんつんひっぱっている。

一瞬何が起こったのかわからなかった。

「すいません、ここ、どこですか？」

悲鳴をあげようと思ったのだが、思わず質問に答えてしまう。

「こ、ここは練馬《ねりま》だよ……」

「えっ、練馬なんですか？　どうしよう、どうしたら原宿に行けますか？」

腕をぐるぐる振り回して、そう言った。言葉に合わせて鼻がもくもく動くから、言ったんだろう。しかも点目《てんめ》なのに、ひどくあわてているような顔をしている。

「地下鉄で新宿まで出て、そこからJRで……」

「えっ、地下鉄なんてあるんですか？　すごいですねえ。知らなかったなあ」

感心したように言って、ベルベットに覆《おお》われた手先を鼻の下に持ってくる。えらくかわいらしいのだが、さてどうしたものか。

悲鳴をあげそこなった美恵は、途方にくれた。

「困ったなあ、またやっちゃった……」

頼りなげな後ろ足で立ち上がって、うろうろと歩き回っているぶたのぬいぐるみに、美恵は話しかけた。

「あの……あなた、何？」

「あっ」

初めて美恵がいるのに気づいたようにぬいぐるみは顔を上げた。

「私、山崎ぶたぶたと言います。ぶたぶたでいいです」

いやその……名前らしいが、そうではなくて……。

「ぶたぶた……さん。で、何？」

「もしかして、私をあそこから持ってきました？」

指先を突きつけ……いや、指はないが、そんな感じでぶたぶたは言う。今日の午後に行ったおもちゃ屋を名指しで。詰問《きつもん》しているような口調ではないけれど、事情が事情だけに美恵はびびる。

しばらく絶句したあげく、ついにはこんなことを口走る。

「か……買ったのよ」

ぶたぶたはそれに対して何も言わなかった。しばらく動きが止まってしまったので、美恵は焦《あせ》ったが、考えてみればそれが普通だ。

しばらくしてぶたぶたは腕組みをした。短い腕でむりやり。

「買ったということは、私はここにいなきゃいけないんですよねえ……」

「そ、そういうことよ」

「うーむ……」

何をそんなに悩んでいるのか。それより、どうして悩んでいるとわかるのか。あたしは少しおかしくなったの？

「これって夢？」

「いや、違いますよ」

間髪《かんはつ》入れずに否定された。独り言のつもりだったのに。

「つねったげましょうか？」

「全然痛くなさそうだよ」

「確かにそうですね」

漫才をしているヒマはない。

とにかく、寝て起きたら状況が変わるかと思って、美恵は急いでベッドに入った。

「私はどこで寝たらいいですか？」

ぶたぶたがカーペットの上でおろおろしている。

「どこでもいいよ。勝手に寝て」


起きてもぶたぶたはちゃんと存在していた。

「おはようございます」

クッションの上にショールが折り畳まれていた。ちゃんと寝床《ねどこ》を作って寝たらしい。ぬいぐるみのくせに。

「着替えるからあっち向いてて」

「はいはい」

ぶたぶたは律儀《りちぎ》に背を向けた。

「学校ですか？」

「そうだよ」

「高校生？」

「うん」

校名を言うと、ぶたぶたは感心したような声をあげた。

「名門じゃないですか」

ぬいぐるみのくせに変なことを知っている。

「いってらっしゃい」

ぶたぶたは、手を振って美恵を送り出した。

母は階下で朝食の準備をしていたが、美恵はそれを無視して家を出た。何だか無性に腹が立つ。食べないって言ってるのに、どうして用意をするの？

何となくまた学校に行く気がしなくなった。

そこらを歩いていても見つかってしまうので、山手線《やまのてせん》をぐるぐる回った。そして、また原宿で下車する。

またあのおもちゃ屋の前に立った。しかし今度は中に入ることができない。昨日万引きをしたせいだろうか。それとも……。

表参道《おもてさんどう》を何度も往復していたら、お腹がすいてきた。もうお昼だ。朝から何も食べていないことを思い出す。ファーストフードの店に入ろうとした時、ふとしゃれたオープンテラスの店に目が行った。今日は冬にしては暖かく、首や足をさらしていてもあまり寒さを感じない。店の前のテーブルに陣取っている人も多かった。

その中に、見慣れた顔を発見する。

「ぶ……！」

名前を叫びそうになって、思わず口を押さえたが、それでも充分大きかった。ぶたぶたがこっちを向く。

「あっ！」

しかし、なぜかあわてたのはぶたぶたの方だった。手に持っていた文庫本を落とす。

拾い上げた本は、スティーヴン・キングの新刊である。できすぎている。

「あ、ありがとう、ははは」

気恥ずかしそうにぶたぶたは笑った。テーブルの上にはカフェオレのボウルが置かれている。持てるのか？　取っ手ないのに。

「何してんのよ、こんなとこで」

「いや、ちょっとお昼を……」

「何でみんな平気なのよっ」

思わず本心が出た。しかし周りの人間はぶたぶたではなく美恵をじろりとにらむ。咎めるような視線だった。学校さぼった高校生としては正当なことなのかもしれないが。

けれど何だか理不尽な気もする。

腹いせのように、ぶたぶたの隣にどすんと腰かけた。

「学校さぼったんですか？」

「そうよ、悪いっ？」

「悪いですねえ」

どうしてぬいぐるみに説教されねばならんのだ。

「お昼おごって！」

「えーっ」

ぶたぶたはすごくいやそうな声を出した。

「お腹空《す》いてるのよ、おごってよ、ねえ」

甘えた声を出したら、ぶたぶたはしぶしぶウエイターを呼んでくれた。が。

『何であたしが万引きしたぬいぐるみにお昼をおごってもらわなきゃならないの⁈』

がばりと腰を浮かしかけた時には、

「クラブハウスサンドでいいですか？」

と訊かれてうなずいていた。


結局お昼においしいサンドイッチを本当におごってもらってから、説得されて午後から学校に行った。しかし、謎《なぞ》が一つ。

どうしてあいつは原宿にいたんだ？

何だかけむに巻かれたようだった。しかもウエイターかなんかと親しげに話して笑っていたぞ。原宿駅の改札に入ってから振り向くと、自分の半分くらいの文庫本を抱えた後ろ姿が見えた。どこに行くんだろう。

うちに戻ってくるのかな。帰ってこないんだろうか。

そう思うと、何だかとても淋《さび》しい気持ちになった。そんなバカな。あたしがそんなこと思うなんて、どうかしている。友だちも言うもの。

「美恵ってクールだよね」

そう言われるといい気分なのに……。

ところが、家に帰るとぶたぶたはちゃんといたのである。

部屋のドアを開けると、まるで本物のぬいぐるみみたいにちんまりとテーブルの上に座っていた。

「おかえりなさい」

さっき母に言われたのとそっくりな言葉をかけられた。こっちが本物みたいに聞こえた。

「ただいま」

母には言えなかった言葉が出た。

「ごはんを食べてくるといいですよ」

「え～……」

美恵は最近、母と顔を合わせて食事をしていなかった。正確に言えば、今年の春から。

「お母さん、用意してたから。食べなさい」

ぶたぶたが鼻だけ動かして言う。まるで、誰か別の人が言ってるみたいだ。

「うん」

美恵は、ついにそう返事をした。


次の日、美恵はちゃんと学校に行くつもりだった。初めて学校をさぼった時より、少しもやもやしたものが晴れた気がしたからだ。

それでも母が作った朝食を食べる気にはならなかった。昨日は仕方なく食べたけれども、味なんかわからなかった。きっと母だって同じだ。

どうせすべてが晴れることなんか、ないに決まってる。

でも、学校には行った方がいい、とぶたぶたが言う。だからいったん出かけたけれども、すぐに引き返した。忘れ物をしたと気づいたのだ。

玄関のドアを無言で開けると、家の中で話し声が聞こえた。台所の方から聞こえる。

「そうですか、昨日もあの子、学校行かなかったんですか……」

「いえ、行ったことは行ったんですよ。すごい遅刻ですけどね」

「行っただけいいのかもしれないけど……」

「くわしいことはちゃんと訊かないとわかりませんよ、小出さん」

美恵は忍び足で廊下を歩いた。台所の引き戸が少しだけ開いていて、食卓が見えた。母と――ぶたぶたが座っている。

「やはりお父さんの勤務先を教えてあげた方がいいんじゃないですか？」

「そうなんですか？　あの子は会いたがってるんですか、父親に」

「そうじゃなきゃ、今までさぼったこともなかった子が父親の元いたところに来るのはなぜなんです？」

二人が自分の話をしている。どうしてこの二人が？　あたしの顔色をうかがうばかりの母親と、万引きしたぬいぐるみがどうして……？

何でぶたぶたが、あたしのパパのことを知ってるの？　今年の春、突然いなくなったパパを……。

美恵はそれまで、両親の仲が悪いなんて一度も思ったことがなかった。というより、そう自分に信じ込ませていたのだ。本当に父親がいなくなるなんて思っていなかった。だから、ごく普通の年頃の女の子と同じように、父を避けていた。嫌っていた。小学生の時にはしょっちゅう行っていた仕事場にも足を運ばなくなった。

自分の家族がばらばらになるなんて思っていなかったから――。

母はそんな美恵のためを思ってか、離婚したあとの面会もなく、転勤した先の連絡先も教えてくれなかった。

黙っていても、自分の欲しいものが何かわかっていてくれたパパ——おもちゃ屋に行っても欲しいものを買わないでいるのは、小さい時からのくせだ。だって父は、そのおもちゃ屋に勤めていたから。自分で買うより父に贈ってもらう方が、何倍もうれしかったのだ。

「あたしのしたことは、間違ってたんでしょうか……」

母が、テーブルにつっぷして泣いていた。ぶたぶたの前足が、彼女の頭をぽんぽんと叩《たた》くのが見える。

「美恵さんに、ちゃんと話すことです」

——いったいあんたって何者？

美恵はそう口に出すことができないまま、もう一度家を出た。

忘れたのは、午後の授業の教科書だった。別のクラスの友だちや、隣の子に借りてもよかったのだが、美恵はすっかりその授業を受ける気をなくしていた。

だから、早退してまた原宿に行った。

昨日入れなかったおもちゃ屋の前に立ち、しばらくためらったのち、足を踏み入れた。

二階のぬいぐるみ売り場に行くと——そこに、ぶたぶたがいた。やっぱりけばだった毛並みをしていたが、前みたいに傾げた姿勢で座っているわけではなかった。

カウンターに座って、箱にせっせとリボンをかけていたのだ。

「ありがとうございました」

きれいにラッピングした品物を客に渡すと、ぶたぶたはぴょんとカウンターの外に飛び下り、すたすたと倉庫に入っていく。

ほどなくして頭に自分の倍ぐらいありそうなダンボールを載《の》せて戻ってきた。足元がふらつき、よろけて、美恵の足にぶつかって倒れた。

「す、すいません――あっ……！」

美恵を見上げて、驚いた顔をしている。点目が少し大きくなったように見えた。

「……店員だったの？」

父の同僚《どうりょう》だったのだ。

「大丈夫ですか？」

カウンターの中から女性の店員が声をかける。

「あ、平気……あの、小出さんのお嬢さん……」

美恵を前足で指し示してそう言う。

「あっ、そうなんですか。どうも、いらっしゃいませ……」

店員の若い女性が頭を下げたので、美恵もあわてて下げ返す。

「……知ってたんだね」

ダンボールを拾っているぶたぶたに美恵は言う。

「あたしがあなたを買ったんじゃないってこと」

ダンボールを重ね終わってから、ぶたぶたは言った。

「何を？」

「うん」

「あたし、万引きを――」

「でも、私は売り物じゃないから。単に疲れて、仕事中に熟睡をしていた間抜けだっただけだから」

美恵に最後まで言わせず、ぶたぶたは引き取った。美恵はぶたぶたの前に座り込む。

「あたしが小出の娘だってすぐわかったの？」

「そりゃあ、写真をしょっちゅう見せられてましたからね」

「ママはあなたを見て驚かなかったの？」

「事情を話したらわかってくれましたよ」

「ほんとに？　ママが？」

あの母が……信じられなかった。

「信じてあげてくださいよ」

母が泣いている姿を思い出す。一人で泣いている姿を。

ぶたぶたの前足が、美恵の剝《む》き出しの膝《ひざ》をぽん、と打った。

「お父さんの転勤場所、わかりますよ。聞いていきますか?」

美恵はしばらくぶたぶたの顔を見つめていた。動かないぬいぐるみにそっくりだったけれども、その前足は温かい。

ついさっきまで、なぜ父がこの奇妙な同僚のことを話してくれなかったのか、と思っていた。話してくれていたら、万引きなんてしなかったのに……と少し恨《うら》みがましく思ったのだけれど——今はどうしてだかわかる。目の前にいるのは、ただの優しい同僚なのだ。

「パパの職場には、とてもいい友だちがいるんだよ」

そんなふうに言っていたのは、よく憶えている。しょっちゅう言っていたから。

美恵はぶたぶたの問いに首を振った。

「ママに訊いてみるよ」

ぶたぶたの前足が、ぽんぽん、と美恵の膝を叩く。

「それがいいですよ」

ぶたぶたの顔に笑みが広がるのが見えた。

あなたの目の前で泣いていたママは、あたしが思っているほど話がわからないわけじゃないみたいだ。

「ありがとう」

美恵の目に涙が浮かんだ。

「早く帰りなさい」

「うん。また来る」

パパは、今年もまたあたしの欲しいものを贈ってくれるだろうか。今もそんなこと、忙しく仕事をしながら思っているのかな……。

でも今年は絶対、パパより先にあたしが贈ろう。明日また、あの優しい店員さんに相談に乗ってもらおう。そして、魔法としか思えないあの手で、きれいにラッピングをしてもらって最高の贈りものにするんだ。

おもちゃ屋を出た美恵の背中を、クリスマスソングが後押しした。

しらふの客

1

会社が入っているビルから出ると、むっとした空気に包まれた。

深夜にもかかわらず、湿って澱《よど》んだ都心の風に、石田良《いしだりょう》は知らず知らず顔をしかめる。ビルを振り返って見ると、もうどこの窓の灯《あか》りもついていなかった。自分が会社の——というか、ここらのビル最後の人間ではなかろうか。

変な予感がする。

石田は頭を振ってその考えを追い出す。来月から始まる連載の企画を考えることにしよう。

けれど、頭は思うように回ってくれない。さっきから眠気と闘っているのだ。これは何か考えるよりも、さっさとタクシーを拾って寝てしまうのが賢明なような気がする。

しかし、人影がない車道を歩きながら石田はため息をつく。道は異様に静まり返っている。この分ではなかなかつかまりそうにない。

いつも苦労するのだ、この時間帯は。これよりもう少し早く、あるいは遅いのならば、けっこう簡単にタクシーはつかまる。だから、早めに切り上げよう、これ以上遅くならないようにしよう——と思っていると、こんな深夜になる。

なぜだ？

石田は首を傾《かし》げた。

「何がそんなに忙しいの？」

また明日も出勤する時に妻から言われるだろう。子供たちとも何日顔を合わせていないものか。しっかり休みは取っているのだが、結局爆睡《ばくすい》して終わってしまうから、ちゃんと話をした記憶がはるかかなただ。

酒を飲んでいるわけでもない（たまにはあるが）し、この不景気に忙しいだけありがたい（効率が悪いと妻は言うが）というのに、この言われようは何なんだろう——とぶつぶつつぶやいていると、新宿方面からライトが近づいてくるのが見えた。〝空車〟の文字が光る。

「お、ラッキー」

石田は手を思いきり振り上げた。乗ってしまえば、あとは最寄りの駅まで寝ていける。こんなに早く拾えることはめったにない。

タクシーが速度をゆるめながらウインカーを出した。石田に気づいたようだ。

手を下げようとしたが、突然身体《からだ》が固まる。背筋が一瞬にして緊張した。

誰も乗っていないではないか。

石田は、激しくまばたきをし、目をこすった。まるでコントみたいなリアクションだ。

そう思っている自分と、夢を見ているようだから頬《ほお》をつねろうか、と思っている自分と、逃げないとヤバいのではないかと思っている自分と——ないまぜになって、呆然《ぼうぜん》と突っ立っているしかなかった。不自然に手を上げたまま。

あっ、これを下げないと——と思った時には、タクシーが目の前に止まってしまう。ぱこ、とその場にそぐわない音を立てて、ドアが開いた。

しかしそのまま……乗るわけにも……。

おそるおそる運転席の方を見たが、やっぱり誰もいない。かちかちというウインカーの音と、点滅するライトに決断を迫られる。このまま走って逃げた方がいいような気がするが……けれど、ここら辺でタクシーを拾うのは本当に大変なのだ。早くて三十分、ひどい時は一時間ほど歩いて移動する羽目になる。今ここで乗ってしまえば、どんなに楽だろう……けれど、果たして生きて帰れるか。

変な予感というのはこのことだったのか……あるいは、幻《まぼろし》を見ているのか。疲れているのかな。このタクシー自体、実体のないものなのかもしれない。

それとも、自分は今会社で眠っていて、これはその夢だとか。これか。これかな。そうかもな。

だったら乗っても大丈夫かもしれない。どうせ明日の朝、誰かが起こしてくれるだろう。

「よし」

石田は一人で気合いを入れて、タクシーに乗り込んだ。

「どちらまでですか？」

声が聞こえた。誰もいないはずなのに。

急いで降りようとしたが、無情にもドアは閉まってしまう。

乗ってしまうと、不思議と〝誰もいない〟という感覚が薄らぐ。声は柔らかく落ち着いていた。これでおばけとは……とても思えないような声だ。

「お客さん、どちらまでですか？」

「あ……あのう……」

でも、やっぱり誰もいない。ドアに手をかけようとしたが、身体が動かない。

「お客さん、酔ってます？」

そんな言葉とともに、前の座席の背もたれの上へぱさっとビニール袋が置かれた。

「それとも、降りて吐きますか？」

恐怖が一気になくなっていく。どこの世界に、人の吐き気を心配してビニールをくれるおばけがいる。

「大丈夫ですか？」

顔が現れた。小さな顔だ。それは——ぶただった。小さな小さなピンク色のぶたのぬいぐるみの顔だ。タクシー会社のマークが入った帽子をかぶっていた。それは普通の大きさらしい。が、かろうじてひっかかっている。重そうだ。

「顔が真っ青ですけど」

しゃべると鼻の先がもくもく動いた。手で握りつぶせそうな顔を、石田はまじまじと見る。

「飲んでるんですか？」

「……いや、飲んでないけど……」

「えっ、しらふなんですか⁈」

なぜそんなに驚く。それより、どうして驚いたとわかった？　点目《てんめ》のまま、表情は変わらないのに。

「私、しらふの人乗せるの初めてなんですよ。あっ、すみません、どちらまでですか？」

「あ……えーと、立川《たちかわ》まで……」

「はい、わかりました」

ちょっと待て！　運転できるのか⁈

そう言いかけた時には、発車していた。

だいたいここまでちゃんと走ってたんだもんな――ってその時には自分が乗ってなかったではないかっ。状況はかなりまずかないかっ？

しかしタクシーは特に問題なく、むしろかなりていねいな運転で大通りに乗り入れてしまった。

石田の眠気はすっかり飛んでしまう。さっきとはまた違った恐怖もあったので、シートをしっかりつかんではいたが、好奇心もむくむく湧《わ》き上がってきた。どっちに従って行動したらいいのか、判断がつきかねる。夢だとしたら、かなり面白い夢だ。そうだ、どうせ夢だ。じゃあまあいいか。

「あ、そうだ、さっき――」

つい声に出してしまってから、ダッシュボードの上に置かれた社員証を見た。そこにはちゃんとぶたのぬいぐるみが写真におさまっており、名前も「山崎ぶたぶた」と書かれている。思わずぶっと吹き出してしまう。子供に話してやったら、どんなに喜ぶだろう。

「何ですか？」

「あのー、しらふの人乗せたの初めてだって言ってましたよね？」

「ああー、そうなんですよ」

信号で止まりサイドブレーキをひきながら、ぬいぐるみは答えた。

「タクシー始めて、まだ二ヶ月なんですけど、酔っぱらいしか乗ってくれないんです」

しょんぼりした声だ。

「あ、酔ってる方もお客さまですからありがたいんですけど、なぜかね……私のタクシーが近寄ると、みんな逃げていってしまうんですよ。それも、悲鳴をあげて」

「そりゃ無理ないですよ」

石田は思わず口をはさんだ。

「僕だってそうしようと思ったもん」

「え、どうしてなんですか？」

少し動揺した声をあげたが、運転は滑《なめ》らかだった。道も確実にわかっているらしい。距離を稼ごうという魂胆《こんたん》もなさそうだ。しかし、よくもまあ、こんなに小さいのに——というか、足が短いのに運転ができるものだ。手元で運転できる車、というのもあるにはあるけれども……それか？

「このタクシー、誰も乗ってないように見えますから」

「ええーっ、どうしてでしょう」

「あなたがちっちゃいからじゃないでしょうか」

何だかすごく変な会話だ、と石田は思う。

「帽子見えませんかね」

「いや、見えません」

石田は強く首を振る。

「はああー、やっぱり帽子だけじゃダメでしたか」

そりゃそうだろう。

「酔っぱらいって相当飲んでた人でしょ？　誰が運転してるかわかんないくらい」

「はあ、そうなんじゃないかな、と思ってたんですけど。鷲掴《わしづか》みにされて連れてかれそうになったこともあります」

「……子供のみやげかな？」

「そうですね、多分」

気の毒に。

車はあまり渋滞にもひっかからず、スムーズに流れていた。山崎ぶたぶたという名のぬいぐるみは、話がうまかった。いろいろな酔っぱらいのことを話してくれる。

「……でね、その人、何度言っても僕のこと『くまちゃん』って言うんですよ」

石田はそれを聞いて、げらげら笑った。その人にとってぬいぐるみは、全部くまなのだろう。

「『くまちゃん、そこ曲がって』とか、『くまちゃん、そこ左』とか。言うたびに腹を抱えて笑うんです。用もないのに『くまちゃんくまちゃん』って呼ぶんですよ。何なんでしょうね」

すっかり「くまちゃん」にはまったようである。

「『ぶたさん』ならいいの？」

「いやあ、私ちゃんと名前ありますからね。呼んでいただきたいです」

きっぱりと言う。

「じゃあ、山崎さん」

石田がそう言うと、ぶたぶたはうれしそうな笑い声をあげた。

「そんなふうにお客さんに言われたのも初めてです。山崎じゃなくて、ぶたぶたでいいですけど」


目をさますと会社ではなく、家にいた。

「あれー……」

間抜けな声をあげる石田に対して、ちょうど部屋をのぞきに来た妻が冷ややかな呼びかけをする。

「何きょろきょろしてんの？　どこかと間違えた？」

「いや……いつ帰ってきたのかなあって思って」

妻がため息をつく。

「お酒飲んでなくても記憶失ってんの？　しっかりしてよ」

「……ちびたちは？」

「とっくに出かけました」

妻は、ふすまを開けたまま、姿を消す。

石田はのろのろと起き出し、顔を洗った。首を傾げながらダイニングに用意してあった朝食を食べ、歯を磨《みが》き――ソファーの上に脱ぎっぱなしになっていたジーンズをはいた。尻《しり》ポケットの中に入った財布をひっぱり出す。

一万円札がくずれている。

「大きくてすみません」

そうどこかで言ったような気がする。ポケットを探《さぐ》ると――レシートが出てきた。

「おおい」

妻を呼んでも聞こえないのか返事がない。

バッグを肩にかけて外に出ると、妻はマンションの小さな庭で洗濯物を干していた。

「俺、昨日タクシーで帰った？」

その問いに、妻はこの上なく怪訝《けげん》な顔で答えた。

「そうじゃないの？　寝てたから知らないけど。そうじゃなかったら、どうやって帰ってきたのよ」

別に記憶が消えていたわけではなく、信じられないだけだ。

会社でぽかりと時間があいた時、昨日のレシートを取り出してそんなことを考えていると、

「何ですか、石田さん。どうしてタクシーの領収書をそんな目で見てるんです?」

部下がのぞきこんでくる。

「そんな目ってどんな目だよ」

「異世界からやってきたものを見るような」

「うーん……ある意味、当たってるよな」

「えぇー、まさか石田さん、幽霊タクシーに乗ったとか?」

部下の冗談めかした声に、石田はやっと顔を上げる。

「何、それ?」

「知りません? 最近ねえ、首のない運転手が乗ってるタクシーがこの辺走ってるそうですよ」

他の連中と一緒に大げさに言い立てる。曖昧《あいまい》に笑ったはいいが、まさかそれに乗ったらしい、とは言えない。それは幽霊ではない、と否定できるほど自信もなかった。

「へー、それは怖いねえ」

何だか気持ちが全然こもっていなかった。当たり前だ、そう思っていなかったんだから。

そんなことより、あの気のいい運転手のタクシーがそんなふうに思われていることがかわいそうだった。まあ別の意味で怖いと言えば怖い——というか、実は幽霊よりずっと怖いのであるが、どうして昨日は平気だったんだろうか。

やっぱり夢だったのかな、と石田は思った。すると、何だかとてもがっかりしたような気分になって、昼飯を食べに行く気が突然失《う》せてしまったのであった。

2

その夜、また同じくらいの時間に、石田は一人で会社を出た。意図《いと》してやったことではない。ないと思う。多分そうだろう。

しかし、昨日と同じように首なしタクシーがやってきて、ためらいなく手を上げた瞬間、そんなごまかしがバカらしくなってしまった。

「こんばんは。昨日はありがとうございました」

ぶたぶたは感じのいい挨拶《あいさつ》をしてくれた。今時こんな気分良くタクシーに乗れるのは珍しい。

「立川でしたね？　もう道も憶《おぼ》えましたから、お宅まで寝てらしてもいいですよ」

さらに、にこにこして言う。ビーズ目なのに、どうしてにこにこしているってわかるんだろう。

「あのね、会社で変な噂《うわさ》を聞きましたよ」

石田は眠らず、ぶたぶたに話しかけた。

「何ですか？」

「最近幽霊タクシーが出るって……」

結局、これを言うために待っていたのだ。

「えーっ、そんな噂が流れてるんですか？」

彼は、自分のことを言われているとすぐにわかったらしい。昨日の話からすると無理もない。

「そんなこと言われてるなんて……」

少ししょげたような声を出したので、言わなければよかったかな、と石田は思う。

「やっぱりどうにかしないといけませんね」

「どうにかね。そうですね」

酔っぱらい専門のタクシーにしても、効率が悪すぎる。酔っぱらい全部が正体を無くしているわけでもないし。

「首なしって思わせなければいいんでしょう？」

「まあ、そういうことになりますね」

「うーん……」

ぶたぶたは黙りこくってしまう。真剣に考えているようだ。

「会社の人は何にも言わないんですか？」

「はあ、特には。成績が悪いことを言われたりしますけど……」

どこをどう巡《めぐ》ってタクシーの運転手になったかは知らないが、雇ってくれただけでも太っ腹であるから、甘えるわけにもいかないだろう。

二人で、しばらく黙りこくって考えた。

「あっ、そうだ」

石田はがばりと前の座席にかじりついた。

「本郷《ほんごう》の方に行ってくれますか？」

「え？　反対の方ですけど……」

「いいですから。お願いします」

ぶたぶたは巧《たく》みなハンドルさばきでＵターンをする。ほどなくして静まり返った住宅街の中へと、タクシーは入り込んだ。

「そこ、左曲がってください」

「はい」

とあるマンションの前で止めてもらうと、

「ちょっと待っててくれますか？」

「はあ……」

ぶたぶたと荷物を置いたまま、石田はマンションの中に入っていく。

三階にある部屋のチャイムを何度も何度もしつこく鳴らすと、がちゃりとドアが開いた。

「よお」

石田の陽気な挨拶に、相手は顔をしかめた。

「何だよお石田、こんな時間に……」

大学の同級生である大沢《おおさわ》は、ボサボサの頭をひと回しする。

「すまん。急に頼みたいことあってさ」

ものすごい大あくびが返ってきたが、やがて大沢はにやりと笑った。

「珍しいじゃねえか。久しぶりだよなあ、そういえば。まあ、入れよ」

「いや、タクシー待たせてるんだ」

「へー」

大沢は、一瞬いぶかしげな顔をしたが、突然目がさめたような表情になる。

「女？」

「違う。かわいいけど」

言ってから、ちょっと自分が気持ち悪くなる。

「酔ってんの、お前？」

「酔ってないよ。さっきまでちゃんと仕事してたさ」

酔ってもいないのに、何をしてるんだ、俺は。

「とにかく頼みがあるんだよ」

石田はむりやり用件を切り出した。

「何？」

「あの……あれ貸してくんないかな。ほら、練習用の……生首《なまくび》みたいな奴」

「ああ、ウィッグのこと？」

大沢は、テレビや映画のヘアメイクをしているが、元々は腕のいい美容師だ。部屋で飲んだりすると、そこら中から生首に見られているような気がして、生きた心地がしなかった記憶がある。

「それ、一つ貸してよ」

「いいけど……何に使うの？」

心底驚いたような顔をして、大沢は言う。

「いやその……子供がさ、子供が宿題で使うって」

我ながら下手な嘘《うそ》だ。うちの子たちにあれを見せたら、泣き出すかもしれないのに。

「子供の宿題？　それをこんな夜中に？」

そう突っ込まれると、二の句が継げられないのだが。

大沢はしばらく考え込んでいたが、やがてにやりと笑った。

「やっぱ女だろ？」

「違うって」

「いいよいいよ。違うってことにしといてやる。奥さんには黙っといてやるから」

何をどう想像するとウィッグと女がつながるのかわからないが、もうどうでもいいやという気分になっている。

「今度、紹介してよ」

へへへ、とうれしそうに笑う。相変わらずエネルギッシュな奴だ。一瞬、下に連れていって、ぶたぶたと引き合わせようかと思ったが、それも説明するのがめんどくさいのでやめた。

「貸してくれるんなら、男のがいいな」

「ええー、今ないんだよ。置いといてもあまり面白くないからさあ」

仕方なく、バービー人形みたいな顔をしたショートカットのウィッグを借りることにした。

「じゃあな、楽しんでこいな」

大沢は最後まで誤解をしたまま、石田を送り出す。

急いでタクシーに戻って運転席の窓を叩《たた》くと、ひょいとぶたぶたが顔を出す。

「どうしたんですか?」

「あのさ、紐《ひも》とかありませんか? 何でもいいんだけど――」

「……ビニール紐ならありますよ？」

「じゃあ、それちょっと貸してください」

ぶたぶたは、ぱこ、とトランクを開けてから運転席から降りた。石田がトランクのドアを押し上げると、ぶたぶたがよじ登ってきた。

「これですけど」

ぶたぶたが懐中電灯の灯りをつける。自分と同じくらいの大きさのものだ。ビニール紐の一巻《ひとまき》も、彼の半分くらい。

石田は彼を抱え上げて、運転席に戻る。

「どうするんです？」

石田は座席のヘッドのところに、ウィッグをビニール紐で固定をした。

「ほら。どうです」

言ってから思う。相当気持ちが悪かった。

「これは……幽霊タクシーって言われても文句は言えませんね」

ボンネットの上に立って、ぶたぶたが言う。

「いや、そう言われないためにこうしてみたんですけど」

「あっ、そうなんですか」

ぶたぶたは頭をかいた。

「うーむ……」

二人で運転席を見て、うなる。どう見ても生首が座席にくくりつけられているとしか見えないのだ。夜見たらかなり怖いだろう。昼間見ても避けられること必至だ。

「ちょっと貸してください」

「はい？」

石田は、ぶたぶたの頭から帽子を取った。それをウィッグの頭にかぶせてみる。不気味さがいくらか和《やわ》らいだ。ものすごく不自然であることには変わらないのだが。

「これなら人間の頭に見えないこともない……かもしれない」

いまいち自信がない。

「私がこれを頭に載《の》せてみるっていうのはどうでしょうかね」

「あっ、それもありますね」

石田は座席からウィッグをはずすと、頭にビニール紐を巻き、耳のところから下に垂《た》らした。それをぶたぶたの頭の上に載せ、垂らした紐をあごの下で結ぶ。

何だか地球外生物のようになってしまう。人面豚《じんめんぶた》というか、人面ぬいぐるみというか……しかも頭が重すぎて、傾《かたむ》いている。

「……肩がこりそうですねえ……」

何だか申し訳なくなってきた。俺はいったい何してるんだろうか。夜中に友だちを起こして、まるで子供がおままごとをするように、この人にこんな不気味なものを頭に載せさせているなんて……。

深夜で、しかも疲れているものだから、ちょっと変になっているんだろうか。

「……すみません……」

石田が紐をほどこうと手をのばすと、ぶたぶたは首を振った。

「いいですいいです。ちょっとやってみますよ。顔が見えた方が、前よりもいいはずですから」

うんしょ、と声をかけて、ぶたぶたは運転席に乗り込んだ。

「早く帰らないと夜が明けてしまいますよ。行きましょう」

「あ、はい……」

外から見ると、さっきみたいにくくりつけられているものよりもまだ良かった。動きがあるからだろうか。だいぶ背の低い人が運転している、という程度には見える。ハーフかしら、とか、まあ顔に関してはそのくらいで。

あとは、あの柔らかい首がどのくらい耐えられるか、だ。

しかし、ものの五分もたたないうちに、ぶたぶたの首は限界に達してしまった。本人の頭が、だんだん柔らかい身体《からだ》にめりこんできたのである。目が隠れてしまうくらいにまで。

頭がだんだん下がってきたので、後ろからのぞきこんだら、すっかりぶたぶたとウィッグの首がすげ替わってしまっていた。あわててタクシーを止めてもらう。このままでは本当に命にかかわる。

「大丈夫？……じゃないですね」

「まあ、そんなに苦しくはないですけど、前が見えなくなるのは痛いですね。あと、身体が柔らかくなりすぎてしまうみたいで……」

ぶたぶたは自分の肩や腹を揉《も》みながら言う。パンヤを移動させているのか？

結局、当初の予定に戻った。つまり、ウィッグを座席のヘッドレストのところにくくりつけるということであるが。

「とりあえず、これで走ってみましょうか」

ぶたぶたはほっとしているようだった。これを借りてきた石田の手前、我慢をしていたのだろうか。非常に申し訳なく思う。

住宅街を再び進む。人影はまったくない。この車ぐらいしか動いていないようだ。みんなおとなしく寝静まっている。

と、向こうからぽつんと灯りが見えてきた。どうやら自転車のようだ。

すれ違う瞬間、自転車から悲鳴があがった。派手な音を立てて、乗っていた人が道路に投げ出される。

警官だった。

「うわっ、やば！」

ぶたぶたは急ブレーキをかけて、タクシーを停める。

「ひっかけちゃったのかなあ……」

「いや、違うでしょう」

どう考えてもこの頭を見たと思うのだが。

「それもまたヤバいじゃないですか」

「そうなんですけど」

ぶたぶたが車から降りようとするのを、石田は止めた。

「絶対、このせいだと思いますから」

その証拠（？）に、こっちに来ようとしないではないか。怪我《けが》して動けない可能性もあるが。

「見せましょう、これ」

「やめましょうよう、お客さん」

石田はぶたぶたの制止も聞かず、ヘッドレストから頭をはずすと、運転席のドアを開け――そーっと、とてもいやなスピードで外に出してみた。もちろん、顔は警官の方に向いている。

「ひぃーっ!!」

情けないというかかわいそうな悲鳴があがった。と同時に地面を蹴《け》って駆け出していく音が。

あとには、自転車のみが残された。

石田はげらげら笑い出す。

「笑いごとじゃないですよー、お客さん」

ぶたぶたが前を向いたまま言う。

「ナンバー憶えられてたらどうするんですかー？」

「でも、別にひっかけたわけじゃないと思うけど」

二人で外に出て確認するが、タクシーの表面に、そんな傷はどこにもなかった。

「どう考えたって勝手に転んだんですよ。道だって車と自転車だったら充分な広さだし、ちゃんと左側に寄ってたじゃないですか。大丈夫、もしあっちが何か言ってきたって、僕が証言してあげますから」

でも多分、あの警官は車のナンバーなんか憶えてないと思うのだ。憶えたとしても、あの顔の出現で忘れている。誓ってもいい。

「そうですかあ……なら、いいですけど」

石田は警官の自転車を塀《へい》にたてかけた。

「しかし、その首がだいぶいかんというのはよくわかりましたね」

確認するように石田が言うと、ぶたぶたは突然笑い出した。

「なんかね、すごい顔をしてましたよ、お巡《まわ》りさん。笑いこらえるの、大変でした」

石田は残念ながら見逃《みのが》していたが、充分想像できた。それだけでも笑える。自転車から転げ落ちるほどだったんだし。

二人はしばらく声を殺しながら大笑いをし、再びタクシーに乗り込んだ。首ははずしたままで。

3

また元のルートに戻り、家路《いえじ》をたどり始めた時、突然石田は思い出した。

「途中に、二十四時間営業のカー用品店ってありましたよね？」

「ああ、新しいところですね」

夜中なのに真っ昼間のように明るいところなので、昨日も話題にしたところだ。

「そこ寄ってもらえます？」

「いいですよ」

五分とかからず、目指す場所にタクシーは乗り入れる。駐車場は半分くらい埋まっていた。この時間に営業しているというだけで、人は集まってくるらしい。灯りに群がる虫と同じだ。

「またちょっと待っててくださいね」

石田は店の中に入っていく。

けっこう中は広いが、思ったよりもすかすかな感じだった。自分で探してもよかったのだが、めんどくさいので店員に訊《き》いてみる。

カウンターの中にいた若い男の子の店員が、夜中とは思えない声を出す。

「いらっしゃいませー！」

この時間からのバイトなんだろう、と耳を押さえながら石田は思う。

「あの、あれありませんか？」

「は？　あれ？」

「あのー……何て言ったっけ、フローレンスくん？」

「フローレンスくん？」

「確かそんな名前がついてたと思うけど」

「フローレンスくん……」

店員は頭がおかしい客を相手にして、呆然《ぼうぜん》としているようだ。別に頭がおかしいわけじゃなくて、うまく思い出せないだけなんだけど。何しろさっきまでちゃんと働いていたんだから。今からバイトの君とは違うのだ。

「あのね、女性が一人で車に乗ってると狙《ねら》われやすいから、助手席に乗せとく人形のことですよ。アメリカで売り出された奴」

フローレンスくんではなかったような気がしてきたが。

「ああーっ」

店員は、ようやく合点《がてん》がいった顔になる。

「ちょっとお待ちください」

すばやくカウンターから滑《すべ》り出て、熱血ドラマのように店の中を走り回った。

そして、校庭を十周したような顔になって、戻ってくる。

「すみませんっ、売り切れですっ」

「えっ、ないの?!」

あったことにも売り切れであることにも驚く。

「買うのはやっぱり女性ですか？」

「いえ、興味半分で買う方が多いようですけど」

何ということだ、本当に必要である（かもしれない）者には手に入らないとは。

何だか異様にくやしくなってきた。意地でも手に入れてやろう、と思う。

「ここら辺で売ってるところって他にありませんか？」

理不尽な頼みだと思いながらも訊いてみると、熱血店員はきさくにも教えてくれた。が、

「今は閉まってます」

当たり前だ、夜中なんだから。

「開いてるところであるのは……？」

「じゃあ、うちの支店に訊いてみましょう」

そこら辺をうろうろしていると、やがて店員が走ってやってきた。それほど待たされたわけでもないので、そんなに急がなくても、と思う。

「ありましたよ！」

「どこです？」

「市川支店です」

「市川⁉ 千葉の？」

「そうです」

ほぼ東京を横断しないと行けない。ここはもう東京西部の都下《とか》なのだ。

「お取り寄せもできますよ。明日というか、今日の昼頃になりますけど」

「今欲しいんだけど……」

「今？」

店員はきょとんとした顔になる。「何に使うんだ？」と訊きたそうだ。

「パンフレットとかありますか？」

「チラシでよければ……」

店員が差し出したカラーコピーのようなチラシには、白人の実物大の人形がにっこり微《ほほ》笑《え》んでいた。

あの頭といい勝負だ。


「これを買いに市川まで行くんですか……？」

ぶたぶたがチラシを見ながら言う。

「そうです」

石田は固い決意でうなずいた。

「何のために行くんです？」

「助手席にこれを乗せて帽子かぶせておくと、左ハンドルのタクシーに見えるでしょ？」

見えるかどうかはわからなかったが、そのつもりである。なんだったら、嘘のハンドルを握らせといてもいい。

「これ、白人じゃありませんか」

「アジア系のもあるかもしれないし……」

「いや、きっとないです。うーむ、今度は笑われてしまうかもしれない……」

しかし、この際後戻りはできない。

「ほんとに朝になりますからね」

「もういいです。このまま出勤するから」

「お客さん、家に帰りたくないんですか？」

「いや、そんなつもりはないよ」

めんどくさくなることはあるけども。

「お子さんと話してます？」

「僕のことはいいんですっ。とにかく行くだけ行ってみましょうよ。あなた、このまま酔っぱらい専門のタクシーにしとくのは惜《お》しい。もっといろんな人に乗ってもらえるようにしましょうよ」

そう石田が言うと、ぶたぶたはちょっとだけにこっと笑った。

「ありがとうございます」

頭をぺこっと下げる。

「本当に帰らないんですか？」

石田は力強く首を縦《たて》に振った。

「……わかりました。もうこうなったら、私も腹くくります。行くとこまで行きますったら」

石田は、複雑な気持ちを抱いていた。本心として一番近いのは、「見届けたい」ということだろうか。こんな経験、めったにない。飲み会の途中で帰ったあとに面白いことが起こったらどうしよう、という感覚に似ていなくもないが。

何だか悪いような気がしたので、それはぶたぶたには言わなかったけれど。

市川までは遠いので、とりあえず腹ごしらえをすることにした。ぶたぶたのいきつけだというラーメン屋へ行く。

いったんタクシーの料金を精算して、店に一緒に入る。

小さいが、中は活気に満ちていた。ぶたぶたは椅子《いす》の上に立ち上がると、カウンターの中のおやじに、

「いつもの二つ」

と言った。おやじは振り返りもせずに「はいよ」と言う。

隣の席に座っている女の子が、無遠慮《ぶえんりょ》にぶたぶたを見ている。驚いているのだろうか。サングラスをかけているからよくわからないが。

「市川に行くんなら、運賃はいりません」

「そりゃダメですよ。僕のわがままなんですから。それに、どうせ会社の経費ですもん」

それは認められるかわからない。領収書を出してはみるが。

「メーター倒しませんからね。人形だって自分で買います」

「それはいけません」

そんな押し問答をくり返しながら、二人はラーメンを食べた。ぶたぶたは巧みな箸《はし》さばきで、椅子に立ったままスープまで飲み干す。

店を出ると、隣に座っていた女の子が追いかけてきて石田に声をかけた。

「タクシー、乗せてもらえませんか？」

学生だろうか。薄いプリントのロングドレスを着て、素足にサンダルをはいている。連れがいたように見えたけれども……。

「一緒にいる人が怖いので、逃げようと思って……」

こっちの疑問がわかったのか、あっさりと白状する。連れはごく普通の青年に見えたのだが。

「あんまりお金ないんですけど……少しなら出せます。市川まで行くなら、お願い、乗せてってください」

石田とぶたぶたは顔を見合わす。

「怖いって？」

「ちょっとさっき殴られて」

サングラスをはずすと、左目の周りに紫色のあざができていた。ちょっとどころではない。二人で驚きの声をあげる。

「トイレに行ってるふりして出てきたから、早く……すみません、助けて」

「いいですけど……タクシーの運転手は僕じゃないんです」

「私ですけど」

ぶたぶたが手を挙げる。

「はあ、そうみたいですね」

彼女は、当然、というような顔をしている。最初見た時は、驚いていたようだが……。

「酔ってます？」

「いえ、全然飲んでません」

二人はまた顔を見合わせる。

「しらふですって」

「二人目です」

「よかったですね」

二人の騒ぎに、女の子はじれたような声をかける。

「あのっ、乗せていただけますか？」

「はい、どうぞどうぞ」

ぶたぶたはいそいそと車に乗り込むと、後部座席のドアを開けた。女の子が急いで乗り込む。石田が隣に座った時、

「うおーいっ!!」

ラーメン屋の中の人でさえ全員振り向くような声で、男の叫び声が深夜の駐車場に響いた。女の子がびくっと身をすくめる。

「どこだあーっ!!　ケイコーっ!!」

軟派《なんぱ》な外見に似合わず、ドスのきいた声だった。なるほど、豹変《ひょうへん》したってわけか。確かに怖い。というか、危ない。

「行って！　早く、急いで行ってください！」

女の子が震える声で訴《うった》える。けれど、あの声に呼応するようにタクシーが動いたら、一発で疑われる。車で追いかけてきたら事故にもなりかねない――。

「そうだ」

石田は女の子を突き飛ばして座席の下に落とした。自分も座席に寝そべる。

「何?!」

石田は口に指をあてて女の子を黙らせる。

「ぶたぶたさん、ゆっくり行ってください、ゆっくり。あいつに向かって」

石田の言葉にぶたぶたもわかったのだろう。帽子を脱いだ。そしてギアを入れ、タクシーが動き出す。人間が歩くぐらいの速さでゆっくりと大声をあげている男に近づく。

男が気づいて振り向いたのだろうか、声がさらに大きく通って聞こえた。

「そこかーっ、ケイコー!!」

石田は座席に寝そべっているから見えないけれども、わめき散らしていた男の声がふいに止まった時、どきどきしながら外で起こっていることを想像した。男はきっと、じりじりと近づいてくるタクシーを凝視《ぎょうし》しているだろう。車が、坂でもないのに、誰も乗っていないのに動いている――自分に向かってくる。誰もいない駐車場、真夜中の午前二時――。

「ひっひええーっ!!」

想像していたのより大きな悲鳴があがった。砂利《じゃり》を激しく踏む音がして、そのすぐあと、やかましいエンジン音も高く、車が走り去る。

「もう平気ですよ」

石田が頭を上げると、一人で騒いでいた男の姿はきれいに消えていた。ラーメン屋の前で見ていた人たちが、わけもわからぬまま、まばらな拍手を贈ってくれている。

「おかしかったですよー。見せてあげたかったです。目をこう――見開いて凍ってね。鳥肌が立ったところまで見えるようでした」

またおいしいところはぶたぶたが独り占めである。それでもやっぱりおかしくて、石田はげらげら笑い出した。

「何が起こったの?!」

座席の下から女の子がたずねる。

「あんたの連れ、帰ったみたいだよ。けっこう怖がりな奴だね」

女の子はわけがわからず、きょとんとしている。

石田が運転席をのぞきこむと、ぶたぶたはちょっと得意そうな顔でこちらを見上げていた。

「じゃあ、遅くなっちゃいますから行きましょう」

ぶたぶたは帽子をかぶり直し、改めてギアを入れた。

「あ、ぶたぶたさん、ちょっとドア開けてくれますか？」

「いいですよ。トイレ行っときます？」

石田は、タクシーの外に出た。

「俺、別のタクシーで帰ります」

「ええーっ」

女の子が声をあげたのは、一人で乗らなければならない恐怖か、金銭的な問題か、いったいどっちだろうか。

「どうしたんですか？」

「いや、二人目がめでたく乗ってくれたことだし……」

もごもごとわけのわからないことを言う。さっきのことでなぜか、「見届けた」と思ったのだ。満足したというか……とてもそんな偉そうなことは言えないけれど。

「これで、この子乗せてあげてよ」

差し出したお札をぶたぶたは押し返そうとしたが、思い直して手書きで領収書を書いた。

「機械が調子悪くて」

二人でにやりと笑い合う。

「また乗ってください」

ぶたぶたが言う。

「乗せてくれるんなら」

「じゃあ、また」

ドアが閉まる。後部座席から女の子が手を振りながら頭を下げた。笑顔だった。一人で乗ることに恐怖はないようだ。

4

次の朝目をさますと、傍《かたわ》らに娘が眠っていた。

「どうした？　今日、幼稚園は？」

「喉《のど》が痛いの」

げほげほと咳《せき》をする。たんが思いきりからんだしんどそうな咳だ。

「熱は？」

「ちょっとだけあるってママが言ってた」

触《さわ》ってみると、確かに少し熱い。

「薬、飲んだの？」

「うん。ぶどう味の」

「へー、そんなんあるんだ」

「うん。甘いの」

笑って言うが、顔が赤くて痛々しい。

「今日は幼稚園、休んだんだ」

さっきも訊いたのに、もう一度言ってしまう。娘と会話が続かないのだ。

「パパもお仕事休み？」

「いや、パパはこれからだよ」

「ふうん。パパってほんとにお仕事行くんだね」

ちょっと情けなかった。子供たちとは完全にすれ違いの生活をしている。

「パパ、昨日何時に帰ってきたの？」

何時だったろうか。あれからラーメン屋で休憩をしていたタクシーに乗せてもらって帰ってきたけれども、もう空が明るかった。

「何時だか忘れたけど……昨日パパが乗ったタクシーの運転手は、ぶたのぬいぐるみだったんだよ」

「ぶたあ？　くまちゃんの方が好き」

どうしてぬいぐるみと言えばくまになるのか――と幼稚園の娘に対して理不尽な思いを抱く。

「起きたの？」

妻が顔をのぞかせる。

「あ、うん」

「熱があるから。早く起きて」

娘がむにゃむにゃと何か言っている。

「じゃ、行ってくるからね」

頬を撫《な》でると、

「ぶたちゃんの話して……」

と言う。

「今度な。今日帰ってきたらしてあげるよ」

娘はふとんに潜《もぐ》り込んでしまった。

「久しぶりに娘と会話をしたでしょう？」

ふすまを閉めてから、妻が言う。

「何話してたの？」

「昨日乗ったタクシーの運転手が、ぶたのぬいぐるみだったって話だよ」

何気なく言ってみた。

「ふーん。面白そうじゃない。どうしたの、急にそんなお話なんて考えて」

「お話じゃないよ。本当にそうだったんだよ」

炊飯ジャーからごはんをよそっていた妻の動きがぴたりと止まった。

「夢の話？」

振り返りもせずに言う。

「違うって」

「熱ある？　風邪うつった？」

と言いながら、やっぱり顔を見もしないで茶碗《ちゃわん》をテーブルの上に置く。

「本当にぬいぐるみがタクシーの運転手をしてたんだよ」

いくらかむきになって言ってみる。

「わかったわかった。でもそれって、あなたが『今日早く帰る』って言うのと同じくらい信用できないわ。さっきの約束だって、いつ果たせるんだか」

石田は黙って箸を動かしていたが、やがて言った。

「俺、今日会社休む」

「え？」

その時の妻は、多分昨日の警官ややかましい青年と大差ないほど驚いていたことだろう。

「電話しといてくれ。風邪とか言って」

食事を終えると、石田は娘が寝ている部屋にまた入っていった。娘は眠っておらず、こっちを向いてにこっと笑う。

「会社行かないの？」

「パパも風邪だ」

「ずる休みはいけないんだよ」

「じゃあ、ぶたぶたさんの話をするために休んだ」

「ほんと？」

娘は潤《うる》んだ瞳《ひとみ》をきらきらさせて、父を見た。

しかし石田は少し不安だった。ぶたぶたに歳《とし》を聞いたことはないが、そんなに若くはないはずだ。根拠はないが、何となく物腰でそう感じる。

いくら相手がかわいいぶたのぬいぐるみとはいえ、よく考えたらおっさん二人の話なのである。おっさん二人が夜中にいったい何をしていたんだろうか……そういえばあの頭、返してもらうの忘れた。

……娘は面白がってくれるだろうか。

石田は、不安に思いながらも、話しだした。

ストレンジ ガーデン

1

「あーあ、雨が降ってきちゃった」

友部《ともべ》香織《かおり》は、フロントガラスにぽつぽつ落ちてきた水滴を見て、ため息をついた。

「せっかく今日洗ったばっかりなのに……」

もっと早く帰ってくれればよかった。明日も会社なんだし、飲んでいたわけでもないんだから、もっと早く帰ろうと思えば帰れたのに……。

しかも、すごく眠い。夕べも三時までビデオを見て、今日は朝から洗車だ。そして、友人たちとドライブに行って、カラオケして食事をして――。

せっかくの日曜日、もっとゆっくりすればいいのに。

香織は、まるで人ごとのように思った。

彼でもいればまた違うのだろうが、いい歳《とし》をした女が一人で休日を過ごすというのもかっこ悪い。だからなのか、予定が入っていないとどうも落ち着かないのだ。

頭がぼんやりしてくる。本当は仮眠をとった方がいいとわかっているが、家までもう少しだ。こんな真夜中の田舎道、通る人なんていやしない――。

と、ほんの少しだけ夢の世界に行ってしまった時、ぽん、と軽く何かがぶつかった衝撃があった。

「えっ?!」

あわてて車を止める。もしかして、何かを轢《ひ》いたか？　それとも上から落ちてきたのか……。

車を降りて、あたりを見回す。雨のせいで、霧《きり》が出ていた。やけに冷え込む。

何も見あたらない。人もいない。道路にも何も落ちていなかった。

街灯の下の、ぬいぐるみ以外は。

近寄ってよく見ると――それは、ぶたのぬいぐるみだった。薄いピンク色のバレーボールくらいの大きさの。大きな耳がとても愛らしい。

「……何？」

これにぶつかったのだろうか。濡《ぬ》れた車道に落ちて、ちょっと汚れてはいたが、それだけではわからない。

落ちていたとしたら、踏んでいただろうし……上から降ってきたにしても、いったい誰が？　ぬいぐるみが一人でに、なんてあるわけがない。けれど横向きにぐったり倒れている様《さま》は、本当に気を失っているように見えた。

あまりにもかわいそうなので、持って帰ろうと手をのばした時、

「ぶたぶたさん！」

突然背後から声がした。

「ぶたぶたさん、大丈夫ですか?!」
三、四人の男たちが、香織に向かって突進してきた。ぎょっとしてぬいぐるみを離し後ずさると、男たちはそれに覆《おお》い被《かぶ》さる。
「ぶたぶたさん、しっかりしてください！」

「気を失ってる。何があったんだ？」

一人の若い男があたりを見回し、香織を見つけ、そして背後の車にも目を留《と》める。彼の形相《ぎょうそう》がみるみる変わった。

「あんたかっ、轢いたのは?!」

「ひ、轢いた?!」

何を言っているの、この人たちは?!　ぬいぐるみじゃない、これは！

「ちょっとぶつかったみたいですけど……」

「あんたっ、何てことしてくれたんだ!!」

さっきの男が、香織につかみかからんばかりの勢いで怒鳴った。

「何てことって……あたしこそ訊《き》きたいわよ！　いったい何の騒ぎなの?!」

「ぶたぶたさんは、今とても大切な時期なんだ。そんな時に、こんな事故にあうなんて
――」

泣きそうな顔で、彼は言う。

初老の男性が、彼の肩をつかむ。

「やめなさい」

「だって、樋口《ひぐち》さん……！」

「ぶたぶたは気を失ってるだけだ。もう少ししたら目覚める」

初老の男性の落ち着いた声に、若い男は渋々引き下がった。

「とにかく、店に運ぼう」

みんなでぬいぐるみを抱きかかえて、丘の上に登っていく。そんなうやうやしく——どうして？　そりゃかわいいけど……何だろう、ご神体《しんたい》かな。

「明日、あやまりに来い。その〝セルフィーユ〟ってレストランだ。ナンバー、憶《おぼ》えてるからな」

さっきの若い男がけんか腰で香織に言う。

むかっときて言い返そうとした時、初老の男性が割って入った。

「すみません、うちの者が失礼を。大したことないですから、もうお気になさらないで。〝セルフィーユ〟はご存じですか？」

香織はうなずいた。ここら辺ではかなり有名なフレンチレストランだ。

「じゃあ、今度はお客さまとしていらしてください」

香織は、どう返事をしていいものか困って、曖昧《あいまい》に微笑《ほほえ》んだ。

「では、失礼します」

初老の男性は、物腰柔らかく頭を下げると、皆のあとについて足早に去っていった。

一人残された香織は、あっけにとられたまま、しばらく突っ立っていた。雨がばしばし顔に当たってきて、初めて我に返る。

「何だったんだろう……」

どうしてあの人たちは、あのぬいぐるみをあんなに大切にしているんだろう。まるで人間みたいに扱っていた。でも、名前はぶたぶたと言っていた。これは人間の名前ではないだろう。少なくとも、戸籍にそんな名前をつけるとは思えない。

雨に濡れながら、そんなことを考えていたら、髪がびっしょりになってしまった。

こんなことしている場合ではない。早く帰って、寝よう。

香織は、急いで車に乗り込んだ。

2

次の朝目覚めると、少し鼻がぐすぐす言っていた。昨日、雨に打たれたせいだろう。

外は、どしゃ降りの雨だった。

何だか夢見も悪かったし……気分がすぐれないのは、鼻風邪のせいだけではないようだ。

今日は、会社を休もう。まだ有休あるし。

朝食の席で母にそのことを言うと、また小言《こごと》を言われた。

「今までそうやって休んだのが何回あると思ってるの？　雨だからとか、軽い鼻風邪だからとか、そんなことで会社を休むんじゃありません」

「風邪で出ていくのは、かえって迷惑よ。仮病じゃないんだから、いいじゃない」

わざとずびーっと鼻をすすってやった。

あきれたように、母がため息をつく。

別に、あたしなんかいなくても、会社は充分機能するんだから、そんなこと気にしなくてもいいのよ――とまで言うと、朝食も出してもらえなくなるので、さすがに黙っていたが。

母が趣味の編み物教室に出かけてしまい、香織は一人になった。

朝、吸引式の鼻炎薬を使って一寝入りしたら、昼頃にはすっかりよくなっていた。睡眠も足りたようで、気分もいい。外の雨は、相変わらずだったが。

昼食は、外に食べに行こうかな。

香織は、家のことは一切やらない。母は、編み物の他、家事全般も趣味なのだ。料理、掃除、洗濯、収納、修繕――何でも嬉々《きき》としてやる。しかも何でも上手だ。とにかく器用だ。

姉たちはその血を引いているらしい。一番上は新婚、すぐ上は一人暮らしをしているが、彼女たちの家は、いつ行ってもきれいに片づいていて、おいしい料理が出る。

香織だけが父の血を引いたのか、何もできない。やることはやるのだが、センスがないというか、何でも下手くそなのだ。もう二十三だし、一人暮らしに憧《あこが》れてはいるが、今の環境の居心地のよさは捨てられない。確かに口やかましいのだけれども。

母がいなくても、車があるおかげで、こんな田舎（一応東京だが）でも外食には困らない。最近はここら辺もしゃれたレストランが増えた。

「そうだ……」

〃セルフィーユ〃に行ってみようか。

昨日あんなことがあったので、何だか行きづらいけれども、あそこのランチはとてもおいしいのだ。

ふと、あの激《げき》していた若い男のことを思い出した。確かに大事なぬいぐるみだったのかもしれないし、その点では汚してしまって悪かったとは思うが、あんなに怒らなくてもよかろうに。

あやまりに来た、なんて思われるだろうか……。

しかし、とりあえず「お客さまとしていらしてください」と言った初老の男性の方を信じることにした。あの人の方が偉そうだったし。

平日なのに、店はとても混んでいた。

ほとんどは女性だ。しかも何人かのグループ。香織のように一人で来ている人はいなかった。少し恥ずかしい。

隅ではあるが、庭に面した丸テーブルに案内された。今の季節、雨さえ降っていなければ、庭にもテーブルが出る。初夏の昼下がりに端整な庭でランチをとる、というのも憧れるが、どしゃ降りではどうしようもない。

ランチは、期待どおりのおいしさだったが、前と少し味が変わったような気もした。けれど、素材は新鮮だし、味はこの上なく上品だ。いつ来ても、ここぐらい満足させてくれるところはない。

食後のコーヒーを飲んでいると、昨日の初老の男性が近づいてくるのが見えた。

「昨日はどうも失礼いたしました。ここのオーナーの樋口です」

「あっ、いえ、こちらこそ……すみません」

香織は焦《あせ》って立ち上がろうとした。オーナーとは知らなかった。

「お食事は楽しんでいただけましたか？」

「はい。とてもおいしかったです」

樋口は、香織の耳にささやく。

「これを作りましたのは、昨日暴言を吐いていた真鍋《まなべ》でございます」

「えっ、あの人がシェフなんですか？」

「いえ、正式にはまだ。本当のシェフは、今日は休んでおります」

香織は、昨日と同じような曖昧な笑みを返したが、次の樋口の言葉に顔を凍りつかせた。

「うちのシェフは、昨日あなたの車の前に飛び出した山崎です」

香織が轢いてしまったぬいぐるみの正式な名前は、山崎ぶたぶたと言った。

「彼は、あなたにおわびをしたいと言ってます」

おわび……？

「あの……しゃべれるんですか？」

「ええ、あれからすぐに目をさましまして。今日は大事をとっているだけですので、差《さ》し支《つか》えございませんよ」

いや、そういうことではなくて——と説明しようにも、口がうまく動かない。

「いきなり飛び出して、驚かせてしまった、と言っているので、とにかく会うだけでも会ってください」

樋口に言われるまま、香織は店と同じ敷地内に立つ大きな家に案内された。彼の自宅兼スタッフの寮だが、寮というより、一つの家の中で共同生活をしている感じらしい。

香織は、樋口の言葉に受け答えはしているが、何だかさっぱり理解していなかった。ぬいぐるみがシェフ？　昨日のあのかわいらしいぬいぐるみが？　あれで、フランベとかするの？　ばーっとこう——炎が。立ち昇る。

本人が燃えるだろう。

しかも、ずっとシェフだったとしたら、前来た時に食べたものはぬいぐるみが作っていたというのか？　そんな……まさか。

いや、待て。昨日、自分は居眠り運転をしていた。すごく眠かったのだ。ぬいぐるみを轢いた、ということが、夢だった可能性はかなり高い。そうなると、香織は本当に人をはねたことになるので、それはそれで相当まずいのだが。

けれど、奇妙な名前であってもペンネームとか芸名とか——料理人だからといって、そういうものを使ってはいけないわけではない。人間であったのならば、とにかく平謝りだ。いくら何でも、しらばっくれるほど度胸はない。

しかし——二階の端《はし》にある部屋のドアを開けた時、ベッドに起き上がっていたのは、まぎれもなくぬいぐるみだった。しかも、

「夕べはすみませんでした」

……しゃべった。

香織は、卒倒《そっとう》しそうになった。いったいどうやってこんな不思議な世界に迷い込んだのか……。それ以外に考えられない。ぬいぐるみがしゃべるなんて……しかも、フランス料理を作るぬいぐるみだなんて。

冗談かと思って樋口の顔を見たが、いたって真面目《まじめ》に見えた。この人は、俳優か何かか?

「まあ、どうぞ。座ってください」

すすめられるままに、香織はベッド脇《わき》の椅子《いす》に腰掛けた。ほとんど機械的に。

「あ、あの、ごめんなさい。昨日はちょっと……ぼんやりしてて……」

他の人から見るとちゃんと人間なのに、自分だけがぬいぐるみに見えているのかもしれない。そうだったら、やっぱり悪いのは自分だ。とりあえず謝っておかなくちゃ。

しかし、視線はあらぬ方向に行っている。だって人間だとしたら、こんな小さいなんて変だ。

「いえ、こちらこそ突然飛び出してしまって、申し訳ありません。もう何ともありませんから」

両手をふとんの上にそろえて、ぎゅーと頭を下げる。その仕草《しぐさ》がとてもかわいいのだ。

しかもしゃべる時は、突き出た鼻の先がもくもく動く。まさに生きたぬいぐるみ。映画だったら、お見事な特撮《とくさつ》としか言いようがない。

「今日のランチはいかがでしたか？」

「あ、ああ、あのう……おいしかったです」

「本当に？」

「ええ」

それは嘘《うそ》ではない。そんなことで嘘を言う余裕はない。

「そりゃよかった」

「ほら、もう真鍋にまかせても大丈夫なんだよ」

樋口が言う。

「安心してくれ」

「え、シェフ……お辞めになるんですか？」

ぬいぐるみに敬語を使っているようだが、実は樋口に訊いている。

「ええ。辞めるというか……うちはもちろんいてほしいんですけど、パリのレストランからの引き抜きがありましてね。由緒《ゆいしょ》正しいレストランでの総料理長として来て欲しいと懇《こん》願《がん》されてるんですよ、この人は」

樋口が、うれしそうに言った。

やっぱり人間なんだ。「この人」と言ったし。自分だけぬいぐるみに見えるに違いない。

そうでなかったら、そんな——ぬいぐるみがフランスにどうやって行く？　パスポートはどうするんだ。貨物で行くのか？

香織は、ちらりとぶたぶたの顔を見た。いっしょうけんめい、人間だと思おうとした。しかし、どうしてもぬいぐるみにしか見えない。しかも、浮かない顔をしている。何でそんなことがわかるの⁈

「何てとこなんでしょうか……？」

おそるおそる訊いてみた。すると樋口は、テレビで聞いたことのある超有名なレストランの名前を口にする。

すごい。いくらそこのオーナーが変わり者でも、ぬいぐるみをシェフにしようなんて、普通考えないだろう。本当だったら、今頃世界的なニュースだ。ワイドショーの格好のネタだ。

でも、そんな話、聞いたこともない。やっぱり人間だ。きっとそうだ。

「あと二週間ほどで渡仏するんで、それまで休んでくれって言ってるのに、厨房《ちゅうぼう》に立とうとするんですよ、この人。むりやり下がらせてるんですけどね」

外見がぬいぐるみなので正しく判断できないが、樋口にとってこのぶたぶたは、息子みたいなものなのかな、と香織は思った。人間であるなら、心温まる話だ。

「ま、昨日のことがあって、ようやくゆっくりしてくれたって感じなんです」

「はあ……」

香織は、ずっと曖昧に笑っているだけになってしまった。これはすべて現実のことなんだろうか。それとも、自分がおかしくなってしまったのか……。どっちにしろ、ショックは大して変わらないけれども。

「オーナー、もうあんまりお引き留めをしても――」

香織の顔色を察してくれたのか、ぶたぶたが言う。

「あ、そうですね。すみません、おしゃべりが過ぎました」

香織が立ち上がると、ぶたぶたもベッドから出た。

「もうお会いすることもないと思いますけど……今後とも〝セルフィーユ〟をよろしくお願いします」

「あ、いえ、こちらこそ……フランスに行っても、がんばってください」

どこを見たらいいのかわからないまま、香織は必死に頭を下げた。事故にはしないと言うのだ。それはこっちにとって、とてもありがたい。何ていい人なんだろう――と思って顔を上げると、黒ビーズの点目《てんめ》があった。

そのあと何を言ったか忘れたが、気づいたら駐車場にいた。樋口から、大量のデザート券をもらって。

香織は、戸惑ったまま帰宅をした。何が起こったのか、昨日からさっぱり理解できない。

車に乗ったまま、ずーっと居眠りをしているような気分だ。

念のためうちに帰って、母が帰ってくるまで眠ってみたが、デザート券は消えない。機嫌が悪かった母に何枚かあげたら、態度ががらりと変わったので、やはり夢ではないようである。

いくら考えてもわからないので、もう考えないことにした。この間まではシェフがぬいぐるみだったとしても、今は人間だ。なら、いいじゃないか。でもあの人も人間じゃないのかもしれない。

きりがないので、もうやめよう。忘れよう。ややこしいことは苦手なのだ。

3

十日後、香織は再び〝セルフィーユ〟へ出かけた。友だちの誕生祝いのディナーのためだ。デザート券を使うチャンスだった。

デザート券というのは、食事のあとのデザートがただになるというものなのだが、それだけではなく、食べ放題だというのがミソである。香織も含めて友だちは、みんな別腹《べつばら》の持ち主だ。しかもここのデザートは料理と同じくらい絶品である。皆、全開で食べまくる。

香織は、十日前のことなど、すっかり忘れていた。ちょっと風邪をひいた間に見たおかしな夢だと思っていた。オーナーも別に声をかけてこなかったし。

ところが、そのあと化粧室に立った時――。

「ちょっと……」

呼び止められて振り向くと、この間の暴言男――真鍋が立っていた。厨房服がよく似合っている。この間とは別人のようで、一瞬見違えた。

「はい？」

「話がある」

けれど、言い方は高飛車《たかびしゃ》だった。

「何でしょう。この間のことでしたら、謝りましたけど？」

こちらも慇懃《いんぎん》無礼《ぶれい》に返す。

「謝ってすむようなことじゃなくなったんだよ」

「……何よ」

真鍋の低い声に、香織はひるんだ。

「聞いただろ、ぶたぶたさんが、フランスに行くっていうのを」

「聞きましたけど」

「料理人として行くっていうのも」

「……ええ」

返事に躊躇《ちゅうちょ》したのは、どうしてもぬいぐるみとしてのぶたぶたの顔しか浮かばなかったからだ。パスポートの写真がぬいぐるみ――そんなことばかりを想像する。

「あんたのおかげで、それがダメになりそうだ」

「……え？」

「まだ誰にも――オーナーにも言ってないけどな、あんたの車にぶつかってから、ぶたぶたさんの舌がおかしくなってしまったんだよ」

「おかしくなったって……」

「味覚がなくなったんだ」

味覚がなくなる？　そんなこと……まさか。

しかし、香織が一番最初に思ったのは、「ぬいぐるみに舌はあるのか」ということだった。

結局香織は、真鍋の仕事が終わるまで、街道沿いのファミリーレストランで待つはめになった。

彼はかなり立腹しているのだが、かと言って、香織に何かできるわけがない。

頭の中を整理しようにも、全然まとまらないのだ。確かに人間だったら、事故などで脳を傷つけたり、あるいは強烈なストレス等の精神的な問題によって、目が見えなくなったり耳が聞こえなくなったり、歩けなくなったり——と様々な障害が起こることはある。味覚がなくなる、というのも珍しいことではないようだ。人間だったら。

ということは、やっぱり人間なんだろうか。自分には、ぬいぐるみにしか見えない。強烈なストレスを抱えているのは、こっちかもしれない。しかし、特定の人間にだけ、ぬいぐるみに見えるなんてこと、ありえるんだろうか。しかも、とってもかわいらしい——。

香織は、真鍋の到着をやきもきしながら待った。

十一時を回って、ようやく彼がやってくる。険《けわ》しい顔をしていた。

今日も料理を作っている間、そんな顔をしていたのだろうか。なのに、あんな繊細《せんさい》な味が出せるなんて——この人も料理人として素晴らしい。だからこそ、こんな顔でにらむのか。

何も言わずに、香織の向かいに腰をおろした。じっと怖い目で見つめられて、考えていたことがすべて飛んでしまう。

「……悪かったと思ってるわ」

どう言ったらいいのかわからず、そう口にした。この人に言っても、仕方がない、とわかっていたが。

「俺も、どうかしてた」

彼の言葉は、意外なものだった。香織に言ったというより、独り言のようだったけれども。

「ぶたぶたさんに、誰にも言うなって言われてたのに……」

そう言って大きなため息をつく。肩を落として、うつむいた。

香織は、突然激しい後悔に襲われた。ぬいぐるみであるかないかは置いておくとして、輝かしい可能性を秘めた者の前途《ぜんと》を、自分が断ち切ってしまったことは確かなのだ。味覚異常が治るか、治るとすればどのくらいかかるのか——それもまったくわからないわけだし、最悪は、もう料理が作れなくなるのかもしれない。

ごく普通のＯＬである自分が転職するのとは、次元が違うのだ。人生そのものが変わってしまう。今までずっとそれで生きてきたのに——。

それを、こんなふうに真剣に心配し、彼の代わりに怒ろうとする人もいる。信頼が厚く、皆から好かれている証拠だ。

「ほんとに、ごめんなさい……」

何だか初めて心から頭を下げたような気がする。真鍋にではなく、ぶたぶたに下げなければいけないのだけれども。

「あたし、ほんとはちょっと居眠りしてて……」

「いや、ぶたぶたさんも、少し様子が変だったから……」

しおらしく真鍋は言う。

「あの夜は、ほんとに内輪だけで、ぶたぶたさんを祝うパーティーをしてたんですよ。でも、ぶたぶたさん、ふさぎこんでた。いつの間にかいなくなってて、気がついたら道に飛び出して……」

真鍋は首を傾《かし》げながら、言葉を続けた。

「まるで、自分から車に飛び込んだみたいに見えた……」

ぶつかった瞬間は、香織にも記憶がないから何とも言えなかった。

「お酒、飲んでたんですか？」

「ああ、うん。いつもより過ぎてたってわけじゃないけど、けっこう……」

会話が途切れた。香織は、うつむいて次の言葉を探していたが、見つからない。なぐさめる言葉も、謝罪の言葉も、何も浮かばない。何を言っても嘘になりそうだった。

「ぶたぶたさんは、俺の恩人なんだ……」

思い出したように、真鍋が言った。

「料理を一から教えてくれたのは、あの人だった。あの人がいなかったら、俺は料理人にはなれなかったよ……。俺は、ぶたぶたさんが帰ってくるまでの留守番だと思っていたのに……」

香織は、真鍋の苦渋《くじゅう》に満ちた顔を見つめて、途方に暮れた。

何とかしてあげたい、と思っても、何も浮かばない自分が情けなかった。

4

次の日、香織は会社を休み、昼頃〝セルフィーユ〟にまた行ってみた。

入口でたずねてみると、ぶたぶたは今日も休んでいるという。香織は、裏の寮に行ってみた。

玄関のチャイムを鳴らすと、すぐドアは開いたが、誰もいない。顔をあわてててうつむけると、ぶたぶたの汚れた鼻の先が目に入ってきた。頭にタオルを巻いている。

「あ、この間はどうも」

にこやかに挨拶《あいさつ》をしてくれたが……やっぱり人間は鼻の先でしゃべらないと思うのだ。タオルを取っても、大きな耳がぴょこんと出てきたりしないし、右耳が少しそっくり返っている……ことはあるか。

「な……何なさってたんですか？」

「ハーブをね、植えてたんです。うちで使うものは、なるべく自家製にしたいので」

裏庭に案内してもらう。そこは、ほとんど畑だった。様々な野菜やハーブが栽培されている。

「草むしりもしてたんです。ちょっとさぼるとすぐ生えちゃって——ダメですねえ」

ぶたぶたの両足の先は、土で汚れた白い布で覆われていた。軍手がわりだろうか。こんなに小さいのに、一人で草むしりだなんて──かわいそうになって、つい言ってしまう。

「お手伝いしましょうか？」

言ってから気がつく。この人は靴屋の小人ではないのだ。大人のはずなんだから別に手伝わなくても……しかし、言った手前、ひっこめるわけにもいかない。

「ああ、いや、そんなことといいですよ」

こんなこと言ってくれるが。

「お手伝いさせてください。この間のおわびを、まだちゃんとしてないし……」

菓子折さえ持ってきてないのだ。

「そうですか。じゃあ、お願いします」

香織はぶたぶたと一緒にハーブ畑の草むしりを始めた。こんなこと、小学校以来かもしれない。家の草むしりも、母の趣味のガーデニングの一部であるから、手を出したことがない。

小学校の頃、草むしりは学校行事の一環だったから、楽しいなんてひとつも思えなかった。早く終わらないかとばかり思っていたが、こうしてやってみると、けっこう面白い。初夏の日射《ひざ》しを浴びて、野菜やハーブが生き生きしている。座っているだけで、緑の匂《にお》いに包まれてくる。

ぶたぶたは、小さな身体《からだ》を丸めるようにして、草をむしっている。ちゃんとむしれているではないか。しかも、香織よりずっと手馴《てな》れている。けれど、手が短いせいか、鼻が地面についてしまっている。それでもかまわず作業をしていた。

香織は、さりげなく彼の背中の上あたりの空間に手を伸ばしてみた。

……何もない。

完璧《かんぺき》な幻覚だ、と思うが、それは現実ではあるまいか？

気がつくと、ぶたぶたが香織の宙に浮いた手をじっと見上げていた。あわててひっこめる。

「こ、これを、毎日レストランで使うんですか？」

「そう。なるべく直前に摘《つ》んだものをね。これが、店の名前の由来になったハーブ。いい匂いでしょ？」

鮮やかな緑の葉を摘んで、香織の鼻先に持ってきてくれる。土の匂いと、セリに似た香りがした。

小一《こ》時間ほどで、畑の雑草はきれいになくなる。

改めて庭をながめると、まるでヨーロッパの片田舎のようだった。童話や、あるいは料理や旅行の本でなければ、こんな庭にはお目にかかれない。ここが日本であることが信じられないくらいだ。

その瑞々《みずみず》しい庭の中、ぶたぶたは籐《とう》かごを抱えて——というより、ひきずってぷちぷちとハーブを摘んでいる。一つ一つつまんでは鼻の下に持ってきて、香りをかいでいる。鼻の動き方が、しゃべる時と違う。

ああ……ここは、絶対に日本なんかじゃ——いや、あたしが住んでいる世界じゃない。きっとこの庭は、異世界の入口だ。彼もきっと、あっちの世界に戻るところに違いない。ほうきかなんかで。

しかしぶたぶたは、両手両足（?）の布をはずし、タオルでごしごしと鼻を拭《ふ》き始めた。その仕草は、とても人間くさいのだが、香織の目にはどうしても……ぬいぐるみだ。

「お茶飲みます?　自家製のハーブティーでよければ」

「あっ、はい。いただきます」

結局、異世界ではなく、広いキッチンに案内された。厨房と言ってもいいくらいの広さだが、作りは家庭的だった。意外と言えば意外だ。まるでサンルームのように日が射《さ》し込んでいる。大きな窓と大きなテーブルと、座り心地のよさそうな椅子がたくさんあった。ここがくつろぎの場であると、容易に想像できるところだ。

踏み台を巧《たく》みに利用しながら、ぶたぶたは湯を沸かし、お茶を淹《い》れてくれた。やっぱり不思議の国のアリスになったような気分だった。うさぎではなくぶたが、自分のためにお茶を淹れてくれる。何というファンタジーだろう。大人になってこんなことを経験するなんて、思ってもみなかった。

けれど多分、あそこで立ち働いているのは、ぬいぐるみではなく、人間なのだ。踏み台を利用しているということは、やっぱりとても小さい人なのだろうか。それとも、あの踏み台も目の錯覚？　まさか……でも、ありえないことじゃない。

ここもあの庭も同じだ。妖精《ようせい》でも出てくるんじゃないだろうか。特にこうやって、ぶたぶたと二人きりでいると。

何ともバカげたことだとは思うのだけれど。

「はい」

カモミールの香りのするお茶を、ぶたぶたは差し出した。

「あ……ありがとうございます」

「夜飲むお茶みたいで悪いけど……いい出来のだから、振る舞いたくて」

ぶたぶたも、突き出た鼻をカップに埋めるようにして飲んだ。物腰も、話し方も、自分よりもだいぶ年上の男性のものだった。人間だったら、どんな顔をしているんだろう。ハンサム――ではなさそうだ。でも、とても優しそうな顔をしていると思う。人を安心させる顔で笑うんだろう。人に手を差し伸べるのと同じくらい、人からも助けてもらえるんだろう。どこに行っても友だちができるし、好きだと思ってもらえるに違いない。

「あっ、そうだ。何かご用なんでしょ？」

はっとした顔で、ぶたぶたが言う。

「あ、はい、そのう……」

香織はしばらく迷ってから、持ってきた紙袋を差し出した。

「この間のおわびに作ってきたんですけど……食べてください」

取り出した白い箱の中には、カップケーキとクッキーが整然と並べられていた。今朝、早く起きて作ったのだ。

迷った末に、持ってきた。この二つは、何もできない香織でも、そこそこいい出来がのぞめるものなのだ。味覚異常とわかっていながら、こんなものを持ってくるなんて、ひどい女だと思う。でも、他に何ができるか、と考えても何もなかった。買ってきてすませるなんて、何も意味がない。お金で解決できる問題ではないのだ。

「ああ、いいですね。お茶に合いそうだ。ありがとう」

ぶたぶたは、ケーキとクッキーを皿に並べてくれた。彼が選んだ皿に載《の》ると、香織が作ったお菓子も上等に見える。

「じゃあ、遠慮なくいただきます」

ぶたぶたの指のない手が、ケーキを一つつまんで突き出た鼻の下に運んだ。口があるのかないのかよくわからないのに、ケーキがひとかけなくなる。柔らかそうなほっぺたがもごもごと動き、やがてごくんと音を立てて飲み込まれた。

ていく。

「これは……すごくおいしいですね」

ぶたぶたは、ぱくぱくとケーキをたいらげ、クッキーにも手を出した。一つ二つと消え

お腹の中に四次元でも存在するのか、と思うくらいの食べっぷりだった。

「食べないんですか？」

ぶたぶたが言う。

「あ、味見しましたから……」

「じゃあ、僕いただいちゃいます」

ぶたぶたの手が、再びケーキに伸びるのを見て、香織は思わずたずねた。

「……ぶたぶたさんは、フランス語はできるんですか？」

一瞬ぶたぶたの顔がきょとんとしたようだったが、すぐに笑顔になる。

「できますよ──って言うほどのものじゃないけど、まあ何とか日常会話くらいは──。

昔から、ずっと勉強してたから」

「フランスに行くために？」

「そうですね」

すごい。自分なんか日本語もおぼつかないというのに。

きっと彼は、香織くらいの頃から──いや、もっと若い頃からずっと、目標に向かって

こつこつとやってきたのだろう。それを、居眠り運転の小娘のために、こんなあたしのために――。

香織は、ぼろぼろ泣き出した。

「ど、どうしたの?!」

ぶたぶたが椅子の上に立ち上がって声をあげた。

「いえ……何でもないです」

「泣いてるんだから、何でもないはないでしょう？　どうしたの？」

「はい、いえ、あのう……」

香織は、しどろもどろになって黙り込む。

ぶたぶたは、無理にはたずねなかった。それがまた申し訳ない。

「あの……味覚がなくなったって聞いたんですけど……ほんとですか？」

ついに香織は、その質問を口にした。

ぶたぶたは、香織をじっと見つめていたが、やがて言う。

「真鍋が言ったんですか？」

「……そうです」

「あいつ、余計なことを……」

「でも、心配してましたよ」

「誰にも言うなって言ったんです」

　そうきっぱり言う。

「……ほんとなんですか？」

「本当です」

　ぶたぶたの言葉に、香織はショックを受けた。

「でも、それはあなたとの事故がきっかけじゃないですよ」

「え……？」

「実は、あの事故が起こる二、三日前からなんです」

　香織は、先ほどと同じくらいのショックに呆然《ぼうぜん》となる。

「どう……どうしてなんですか？」

「何が原因なんだかわからないんですけど、本当に味を感じなくなってしまって。香りとかもよくわからなくなるんですよ。味覚と嗅覚《きゅうかく》、どっちが悪くなったのかわからないんですが、香りがわからないと味もわからなくなるんですね。とにかくどっちもまったく識別できなくなっちゃって……」

　穴が開いてないからではないか——と思ったが、口にはしなかった。

「店の方は、もう真鍋が立派に仕切れるし、オーナーも休めというので、支障はなかったんですが、問題は渡仏の方で……いったいどうしたものかと、本当に悩みましたよ」

「フランスに、行きたくなかったわけじゃないんでしょう?」

　香織の言葉にぶたぶたは、うーむ、とうなった。

「行きたくなかったわけじゃありません。でも、すごく不安だった。プレッシャーかなあって思うんですけど」

「どうして?　料理の腕は認められてるんでしょう?」

「それは日本ではそうかもしれないけど、外国に——本場に行ったらね、全然違いますよ、やっぱり」

「……怖かったの?」

「……そうですね。何しろ見た目がこう——でしょ?」

　ぬいぐるみだから?　……でも、もし違っていたらどうしよう。

「あ……じゃあ、自分から車に飛び込んだのって……」

「それはわざとです。別に自殺しようとか、そういうことじゃないですよ。事故のせいにしてしまいたかったので、ちょっとひっかかればよかったんです。結果的にあなたをだしにしてしまって、すみませんでした。迷惑かけて。真鍋が先走るってことが見抜けなかったもので、余計な心配をおかけしちゃって」

　ぶたぶたは、少し冷めてしまったお茶を一口飲んだ。

「でもまだ、味覚異常は治ってないんでしょう?」

香織は、また涙をこぼしながら言った。

「どうして泣くんですか」

「だって、あたしが作ってきたもの、『すごくおいしい』なんて言って……」

自分でもよくわかっている。いい出来と言っても、香織の中では、という但《ただ》し書《が》きがつくのだ。プロからすれば、レベルが違う。

「いや、本当においしかったですよ」

「そんなはずないです」

ケーキはまさにスポンジのようだし、クッキーは鋼鉄のように硬い。よくぬいぐるみの口で嚙《か》み砕《くだ》けたものだと感心するくらい。

「それは……うーん……そうなんですかね」

ぶたぶたの顔が、自信なさそうに曇《くも》った。

味覚異常が自分のせいだろうとなかろうと、治ってなければ意味がないではないか。彼は、フランスに行けないことになる。

「パリに行くの、夢だったんでしょ?」

「そうです。本場で勉強したいです」

ぬいぐるみのくせに、何と力強い言葉だろう。香織は人間のくせに、そんなことは言えない。

おいおい泣いていると、店が昼休みに入ったのか、真鍋がキッチンに入ってきた。

「あっ……！」

二人を見て、足が止まる。

「真鍋、誰にも言うなって言ったろ？」

「すみません、ぶたぶたさん！」

真鍋は、身体を折り曲げるようにして、頭を下げた。下げたところが、ちょうどぶたぶたの鼻先だ。

「まあ、いいから。これを食べて」

ぶたぶたは、残っているケーキとクッキーを指し示した。

「？　何ですか？」

「このお嬢さんが作ってきてくれたものだよ。まあ、食べて」

真鍋はカップケーキを一口かじり、クッキーを一つ、口の中に放《ほう》り込んだ。

「この人が作ったんですか？」

「そうよ。正直に言いなさいよ、どんな味か」

「正直に言っていいの？　泣いてるけど？」

香織はうなずく。

「じゃあ、言いますよ」

真鍋は二人を見比べてから、

「まずい」

「あ、やっぱり?」

やっぱり——って何⁈　ぶたぶたの言葉に、またも香織はショックを受ける。

「さっきおいしいって言ったじゃないですか⁈」

「いや、それは……お世辞ってもんです」

ぶたぶたは、申し訳なさそうに言う。

「もし謙遜《けんそん》だとしたら——と思うと、自信がなくて」

そんなややこしい気のつかい方など、しなくていいのに。

「まずいですよ。このクッキー、十円玉みたいに硬い」

「うるさいわね!」

真鍋に噛《か》みついてやろうかと思う。

「でも、一応食べられますから。今時、十円で食べられるものはないですよ」

「十円でも出したくないくらいまずいと思うけど」

「うるさいうるさい!」

せっかくぶたぶたがなぐさめてくれたのに。

「えっ!　じゃあ、味覚、戻ったんですか⁈」

真鍋が突然気がついたように言った。

そうか。まずいものをまずいと言えるようになったということは——って何だかとても悲しいのだが。

「あ、ああ、まあ、そうだね」

ぶたぶたが言うと、真鍋の顔にぱっと笑みが広がった。

「良かったーっ。これでフランスに行けますね！」

「そうだな。心配かけてすまなかった」

「あっ、じゃあ、あれの作り方教えてくださいよ！」

真鍋は、香織だったら絶対に舌を嚙むような料理名を言う。

「いいよ」

「じゃ、用意して、店の方で待ってます！」

真鍋は、キッチンを飛び出していった。

香織がたずねる。

「本当に治ったんですよね？」

「だと思います。事故のあと、『味覚がなくなった』って正直に真鍋に言ったら、だんだん戻ってきてね」

「……覚悟ができたってことですか」

「そうかもしれません。でも、これは真鍋には言わないでくださいよ」

香織はうなずく。

「秘密です」

「じゃあ、あたしも秘密を一つ、打ち明けていいですか？」

「何ですか？」

フランスに行ったら、会うことなどなくなってしまうかもしれない。その前に、言ってすっきりさせておきたい、と思ったのだ。少しだけためらったのち、香織は言った。

「あたし、あなたのことがぬいぐるみに見えるんです」

ぶたぶたは、香織の顔を見上げたまま、じっと動かなかった。そうしていると、まさしくぬいぐるみだ。うちに置いておきたい。

「他の人には人間に見えるみたいだけど」

「……どうしてなんですか？」

「わかりません。あたしも何か、あなたと同じように不安を抱えているのかも」

取り除くためにはそれが何かわかっていなくてはいけないのに、わからないところが自分らしい。

「それは、大変な秘密ですね」

「でしょ？　誰にも言いませんから」

「あ、それはどうも……ありがとう」

「フランスに行っても、がんばってね。またおいしいものを食べさせてください」

「ええ、はい」

「あなたが戻ってくるまでに、あたし、自分が何抱えているのか考えてみます」

「いや、そんなに気にしなくてもいいと思いますよ」

ぶたぶたが言った。

「ぬいぐるみに見えるのが、そんなにいやですか？」

「いやなんてことはないです……」

香織はもう、ぶたぶたがぬいぐるみに見えることをあまり気にしていなかった。本当にぬいぐるみでも、いいかもしれない。こんな立派なぬいぐるみがいたって、いいじゃないか。その方が、ずっと楽しい。

「だったら大丈夫ですよ。気にしないで。そのまま生きてってください。見えるままを受け入れられるんなら、心配ないです」

「そうですか？」

「そうですよ！」

力説されて、香織はうなずいた。

何だか、「見たまんまでいい」って、それでは本当に自分がぬいぐるみだって言ってるみたいじゃないか。でも、まさか。

「あんまり深く考えないでくださいね」

念を押される。が、それは香織の得意なところだ。本音では、彼はフランスに行くより、あの庭を通って異世界に帰っていく方が似合っていると思っていたが。

「わかりました」

香織は笑顔で立ち上がる。

「また会いましょうね。どうもありがとう」

香織が手を差し出すと、ぶたぶたがぱぷっと指のない手を載せてきた。

「すごい。本当にぬいぐるみみたいですね」

「そうでしょ？」

「今度会う時、あなたがどんなふうに見えるか、楽しみにしてます。別人に見えてわからないかもしれないけど」

「そんなことないです。絶対わかります」

何だか困ったような顔をしていたが、やがてぶたぶたはそう言った。

銀色のプール

1

僕の家の近くには、大きくて有名な、古い遊園地がある。

隣の区の名前がついているのに、僕が住んでいる区にある変な遊園地だ。でも、ここの区を頭にくっつけると焼き肉屋みたいになるから、仕方がないかな、と思う。

その遊園地には、広いプールがある。正面の入口をくぐると、ぐねぐねした教科書で見た人間の腸《ちょう》みたいなパイプが見えるのだけれど、それはプールの滑《すべ》り台《だい》だ。みんなその中を滑り降りていく。僕も夏になるとそうする。

遊園地は僕たちが夏休みに入るのに合わせたみたいに、土曜日の夜、花火大会をする。僕の家は、花火を打ち上げるグラウンドの裏側だ。川のほとりにある。家のベランダから花火が見えるのだ。僕が手を広げるよりもずっと大きい、空いっぱいの花火が上がるので、僕はいつも首が痛くなる。

風がこっち向きだと、もっともっと大きく見えるけれども、いっぺんにいっぱい打ち上がったりすると、煙で見えなくなるし、ぱらぱらと黒い粉みたいなのが顔に当たる。当たってもけっこう痛いし、目に入ると大変だ。

お母さんは言う。

「まったくあの花火ったら、煤《すす》で洗濯物が汚れるし、音が大きくてテレビの音も聞こえないし……」

僕は、何回見ても飽きない。けれども、お母さんが言うには、あの花火を迷惑に感じている人はたくさんいて、そのために遊園地が近所の家におわびのしるしとしてプール券を配っているんだそうだ。だから夏休みになると僕はお母さんからその券を渡されて、

「遊んできなさい」

と言われる。近所の友だちもみんな持っているので、僕たちは自転車に乗って遊園地へ行って、何もなかったら夕方まで滑り台をすべったり、流れるプールに浮かんでたりする。

でもこの話は、そんな夏の話じゃなくて、遊園地がすごく静かになる冬の話だ。僕の名前は、沢木《さわき》毅《つよし》。小学三年生だ。

僕は夏以外にその遊園地にはあまり行かない。どうせ行くならディズニーランドの方が好きだ。でもディズニーランドにはまだプールはないし、プールだけだったらここが一番面白いかな、とも思う。友だちに言わせると他にも面白いところはいっぱいあるみたいだけど、僕はあんまり連れてってもらってないからわからない。

だから、冬になると僕は少しつまらなくなる。お父さんもお母さんも働いていて忙しくて、どこにも連れてってもらえないし、弟も妹もいないし、塾とかにも行かなくちゃなら

ない。花火も上がらないし、滑り台もない。中には入らないけど、入口から見える冬の滑り台は標本みたいだ。からからにひからびている。

その日の夕方は、とても冷たい風が吹いていた。僕は、遊園地の名前がついた駅から家に向かって歩いていた。学校帰りにその駅近くのおばあちゃんの家へ寄ってちょうだい、とお母さんに言われたのだ。おばあちゃんは僕に何か（帯留《おびど》め、とか言ってた）を手渡し、「お母さんには内緒よ」と言ってジュースと大きなケーキを二つごちそうしてくれた。

内緒ついでにもう一つ、と僕は思って、どんぶり坂を下りだした。駅の裏にあるどんぶりみたいに深くて短い坂を駆け下りて、また上がって右に曲がると、そこは遊園地の裏だ。塀《へい》がずーっと右側に続く。

お母さんは、こっちの道ではなく、表側の人通りの多い方を帰りなさいと言う。僕もいつもはそっちを通る。本屋さんとかコンビニもあるし、ちょっと見回るのも楽しいのだ。でも、今日は何だかこっちの何もない道を通りたくなっていた。

右側の塀の向こうは、プールだ。夏にここら辺を通れば、プールで遊んでいる人たちの声が聞こえる。けれど、今は当然静まりかえっている。

冬のプールって、いったいどうなってるんだろう。

すごく寒いところだったら、凍ってスケートリンクになるんじゃないか、と思うが、東京はそんなに寒くないから無理だろう。水は抜いてしまうのかな。

気になって仕方がなかった。

背伸びをしてのぞくと、塀の上の植え込みの陰から向こうが見えそうになる。もう少し先に行くとまた坂があって、それのてっぺんのあたりの塀が少し低くなってたはずだ。手を伸ばせば塀の上に登れそうなくらい。

僕は走り出した。誰かに見つからないうちに、やらなきゃ。今は誰もいない。まだ明るいから、中もきっとよく見える。早くしなきゃ。

塀の向かいにある家にはちょっとうるさい犬がいるのだが、眠っているのか吠《ほ》えない。早くしなきゃ。

僕は塀の上にやっとのことで手をかけ、勢いをつけて身体《からだ》を乗り上げた。植え込みの葉っぱが顔に刺さりそうになって、目をきつく閉じた。慎重に顔を植木から離し、目を開ける。

植え込みの間から、プールが見えた。誰もいない、がらんとしたプール。すごく寒そうだった。流れるプールだ。水もある。でも、流れているかどうかはわからない。

葉っぱをどけることができないので、いくつかに区切られたプールを、僕はパズルみたいにくっつけなければならなかった。そのピースの一つに、僕は変なものを見つけた。釣り糸だ。誰かがプールに釣り糸を垂《た》らしている。

プールで釣り？　そんな……川じゃないのに。魚なんているんだろうか。水を張ったまんまだと、魚が生まれてくるのかな。

僕は、急に怖くなってきた。誰もいないと思ったのに釣り糸があるということは、誰かいるってことだ。のぞいているのがバレたら、きっと怒られる。降りないと。

でもその前に、僕はいったいどんな人が釣りをしているのか確かめることにした。その人だって勝手に入り込んで魚を釣っているのかもしれない。だったら怒られないかも。

けど、プールサイドの釣り糸をたどって見つけたのは、人じゃなかった。

ぶたのぬいぐるみだった。ピンク色をした小さなぬいぐるみが、釣り竿《ざお》を持って座っている。

わんわんわんっ!!

突然の犬の鳴き声に、僕は手を離してしまう。

「わわわっ！」

道路にどさっと尻餅《しりもち》をついた。向かいの家の犬が、怖い顔をして吠え立てている。

僕はあわてて立ち上がり、走って逃げた。

あんまり速く走ったので、僕は気がつくと、自分の家のすぐ近くの橋まで来てしまっていた。せきこんで立ち止まる。げぼげぼすごい音が喉《のど》から出てくる。

やっと咳《せき》がおさまってから、僕は考えた。

「あれ、何？」

ただ考えてただけなのに、声が出てしまった。せきこんだせいで声が嗄《か》れている。ひりひりと痛かった。でも、そんなの別にどうでもいい。

問題は、遊園地のプールでぶたのぬいぐるみが釣りをしていたということだ。

一番最初に思ったことは、話しても絶対誰も信じてくれない、ということだった。お父さんやお母さんや先生なんか、本気にしてくれっこない。おばあちゃんは少し信じてくれるかもしれないけど、足が悪いから、一緒に確かめてと頼むのはかわいそうだ。

うん、そうだ。僕はあれがほんとかどうか確かめたい。でも、今すぐはいやだ。ちょっと怖い。情けないけど。

友だちはどうだろう。近所の友だちや学校の友だちの顔を思い浮かべて、僕はうなった。みんな楽しい奴だし、話してけっこうノリは良くて盛り上がるんだけど、何だかバカにされそうな気がする。僕は、「現実感に乏《とぼ》しい」と言われるのだ。どういうことだかよくわからないけど、どうもそう言うこと自体がそうなんだそうだ。

お母さんにも「夢ばっかり見て」と言われるから、それと同じことだろうか。花火が好きって言うのも、最近恥ずかしくなった。

だから、誰にもこれは言えない。

もう一回行こうか、と足が向きかけたけど、結局はやめてしまった。〝夕焼け小焼け〟が流れてきたからだ。塾のない日は、これが流れてきたら家に帰りなさい、とお母さんに言われている。そういう日には、お母さんも早く帰ってくるから——行かなくちゃ。

明日、絶対確かめに行ってやる。スイミングスクールがあるけど、いいや。「プールに行った？」って訊《き》かれて、「うん」って言っても嘘《うそ》にはならない。プールはプールだもん。

2

僕は、次の日学校が終わると走って家に帰り、一応スイミングのバッグを持って出かけた。もしお母さんが早めに帰ってきてこれがあったら、さぼったことがバレてしまう。

昨日の場所に着くとまず、犬の確認をした。小屋の中はからっぽだった。多分散歩に行ったんだろう。でも安心していられない。この家の人に見られてしまうかも。

僕は、急いで塀をよじ登った。お腹《なか》でバランスをとって、手で植え込みをかきわける。その穴に、思いきって顔を突っ込んだ。そして、身体で穴を広げながら、中に入る。乾いた枝が身体に刺さって痛かったけど、声は一切出さなかった。

がらんとしたプールが、目の前に現れた。夏のプールとは全然違う世界みたいだ。空が青いのに、それにまったく似合っていない。

プールには水が張ってあったけど、その上を風が吹くと、とても湿っぽい冷たい空気が湧《わ》き起こる。プールサイドには何もない。デッキチェアも浮き輪もボートも。シャッターの降りた売店はおもちゃみたいだった。

冬のプールって、何だか無駄に広い。何をしたらいいのかわからない場所になっていた。昨日見たぶたのぬいぐるみの姿はどこにもなかった。誰もいない。ひゅるるる……と風の音も聞こえるくらい。ものすごく静かな場所だった。

でも今、僕は水着を持っている。

それを考えたら何だかおかしくて、笑いたくなってきた。ここにわざわざ泳ぎに来たみたいだ。誰かに見つかったら、そう言おうかな。

いつまでも突っ立っていてもしょうがないので、僕は歩き出した。さっそくプールサイドから中をのぞきこむ。やっぱりいた。魚だ。小さいけど、ちゃんと生きてる。

水は、緑色に濁《にご》っていた。こんな中では絶対泳ぎたくない。でも、魚はけっこうたくさんいた。餌《えさ》ってどうしてるんだろう。あのぶたのぬいぐるみは、これを釣って食べているのかな。

流れるプールには水があったけれども、波のプールには水がなかった。奥の方――つまり深いところには緑色の水たまりがあったけれども、あとはからからに乾いていた。夏だったら、この周りにデッキチェアがずらーっと並べられている。水もなくて、こんなにすっきりしていると、やっぱり別のところみたいだ。

子供用のプールも水が抜かれていた。大人用のプールは二つとも水が入っていて緑色で、魚がいた。

でも、ぬいぐるみの姿はどこにもない。人もいない。

やっぱりあれは夢だったのかな。そもそもここにいること自体、夢かもしれない。

夢だったら、あれを冬滑ったりもできるんだろうか。

滑り台が、人体標本みたいにそびえ立っている。僕は、それ目がけて走り出した。

階段の入口は鎖《くさり》で縛られていた。僕は、上を乗り越えて階段の中に入った。風が吹くと、ほんとに寒い。何もないし、冬にこんなところを登るなんて誰も思わないから、遮《さえぎ》るものが何もない。

てっぺんに立つと、てっぺんに上がる頃には、耳が冷たくなった。夏よりも高いように見える。

遊園地の中がよく見えた。人が動いている気配がない。今日は火曜日だっけ。遊園地は休みの日だ。ますます滑っても見つからないじゃないか。

でも、ここはやっぱり夏とは違う場所になってしまっているみたいだった。僕は別に高所恐怖症じゃないのに、何だかここは怖く感じる。ものすごい風が吹いているせいかもしれないけど、それだけじゃない。ここは、大きなパイプを半分に切った中に水を流して、仰向《あおむ》けに寝そべって滑り降りるところだ。そのパイプががたがた揺れている。水が入っていないせいなんだろう。

試《ため》しにスタート地点に立って、パイプに足をかけてみた。

ぴきっ
僕は、あわてて足をひっこめる。インスタント焼きそばのお湯を捨てる時のあの音みたいに驚いた。まさか、ひびが入ったんじゃないだろうか。僕は壊してしまったの?! ど、どうしよう、このパイプいくらするの? 弁償しなくちゃいけないのかな、それとも逃げたらわかんないかな?

「おおーい!」

大きな声が下から聞こえる。

「降りてきなさい、危ないからー!」

僕はきょろきょろと下を見回したが、どこから誰が言っているのかよくわからなかった。

どうしたらいいのか迷っていると、

「こらっ!」

突然すごい近くで声がして、僕は飛び上がった。

「降りてきなさいって言っただろ!」

階段の方を向くと、あのぶたのぬいぐるみが立っていた。ほんとだ、ほんとにいた! けど、いつの間に登ってきたんだろう。音もしなかった。……あの足じゃするわけないか。

ぬいぐるみは、短い両足で大股《おおまた》に立ち、腕組みをしていた。怒っているらしい。

「ここは風が強くて危ないんだよ。パイプに乗ろうとしてたでしょう？　乾燥してるから、割れやすくなってるのに——」

その時、ものすごい風が吹きつけた。僕でさえ、よろけて手すりにつかまったくらいだ。当然、あのぬいぐるみは——その風に飛ばされてしまった。

「きゃー！……」

エコーのかかった悲鳴を残してぬいぐるみは、百メートルだか五十メートルだか三十メートル下に落ちていく。僕は急いで階段を降りた。水の中に入ったら、大変だ！　風が吹いた方向を探していくと、ぬいぐるみはプールの底で見つかった。裏側の滑り台の終点にあたる深いプールだ。水は入ってなかったけど。

横向きにころりと転がったままのぬいぐるみを見て、僕は思わず、

「死んでる!!」

と言ってしまった。

「死んでないって」

突っ込みを入れてくれたのは、ぬいぐるみ本人だった。

ぬいぐるみはむくりと起き上がると、身体をぱたぱたはたいた。ほこりが出る。

「ね、あそこは危ないでしょ？」

確かに、並のドラマなんかよりもずっと怖かった。今までしゃべっていたのに、いきな

りいなくなるなんて。

　僕は素直にうなずいた。

「怪我《けが》とかしてないの？」

「平気だよ。ぬいぐるみだから。燃えない限り」

　そこにいるのは、ぬいぐるみでしかなかった。薄いピンク色をしたぶたのぬいぐるみ。大きさはバレーボールかドッジボールくらい。片方がそりかえっている大きな耳の内側と手足――両足の先には、濃いピンク色の布が張ってある。触《さわ》り心地のよさそうな、とてもかわいいぬいぐるみだった。

「危ないってわかればいいの。早く帰りなさい」

　ぬいぐるみは、とことことプールの底を歩いて、隅の方にあるテントへ――。

　えっ？　テント？　何で？

「ねえ！」

　僕は思わずたずねた。

「あのテントは……」

　何て呼びかけたらいいのかわからなくて、そこで詰まってしまう。

「ん？　あれ？　あれはね、僕のテント」

　そこにあるのは、あの放《ほう》り投げると小さなテントになるというものだった。学校でキャンプに行った時、これを投げている人がいて、とてもびっくりしたので憶《おぼ》えている。

「ここに住んでるの？」

「そう」

僕はプールの中に飛び降りた。

「ほんとに⁈」

ぬいぐるみは足を止めて、こっちを向いた。鼻の上にきゅっとしわが寄る。

「帰りなさいって言ったでしょ？」

「どうしてここに住んでるの？　一人で？」

「いいの。帰りなさい。近所なんでしょ？」

またテントの方に歩いていこうとする。

「魚食べてるの？　昨日、魚釣ってるの、僕見たよ」

ぬいぐるみが振り向く。

「昨日のぞいてたのは、君だったの。犬が鳴いてたから、誰かいたのかな、と思ってたんだ」

「釣ってたの、あの竿？」

テントの脇《わき》に、立てかけてある。

「まあね。でも、食べてないよ。釣るだけ」

「え？　じゃあ、何で魚がプールの中にいるの？」

「これは遊園地側が放《はな》してるの。苔《こけ》がつかないようにね」

「そうなんだ……」

初めて知った。

「昔はね、冬の間、釣り堀もしてたんだって」

「へえーっ」

釣り堀って、どういうところだか聞いたことはあるけど、行ったことない。

「知らなかったよー……！」

僕は、何だかにこにこしていた。それが変だったのか、ぬいぐるみが言う。

「……大丈夫？」

首を傾《かし》げて僕を見る。

「うん、別に平気」

大丈夫って言われなきゃいけないのは、滑り台のてっぺんから落ちたこのぬいぐるみの方だけど。

「ここに住んでるのって、どうして？」

「別に何もしてないよ。冬の間、ここは誰もいないから、住んでるの」

「無断で？」

「まあ、そういうことになるかな」

「それって悪いことじゃないの？」

「そうかもしれないけど、僕はどこに住んでもそうだからね」

魚を食べないんだったら、別にいてもいいような気がする。このぐらいの猫がここにいても、僕は放っておく。猫だったら魚を食べてしまうかもしれないから、それよりもずっといいんじゃないかな。

「帰るとこないの？」

「そうだね」

ぬいぐるみが、にこっと笑った。どうしてか、それがわかった。

「何で？」

「何でかなあ……」

ぬいぐるみははっきり理由を言わない。言いたくないのかもしれない。

僕は思いきって、さっきからの疑問を言ってみた。

「あのさ……おじさん、なの？」

何だかそう思えて仕方がなかったから。

「そうだね」

「名前は？」

「ぶたぶた」

「ぶたぶたぁ？」

僕はつい大きな声をあげてしまった。

「うん。おかしい？」

ぶんぶん首を振った。とても似合っている名前だ。ジョニーとかよりずっといい。

また〝夕焼け小焼け〟が流れてきた。

「早く帰りな」

ぶたぶたはそう言って、くるりと背を向けた。

「あのさっ、ぶたぶたはどうしてぬいぐるみなの?!」

〝夕焼け小焼け〟を聞いたら、急に焦《あせ》ってしまって、大声で訊いてしまう。ぶたぶたが振り向く。──鼻の先をもくもく動かしながら言う。

「そんなの……君がもし、『どうして人間なの？』って訊かれたらどう答えるの？」

僕はうっとうなった。

「そういうことだよ。おうちに帰りなさい」

3

その晩、僕はどうしても誰かに話したくて、卓也《たくや》に電話をかけた。

卓也とは、幼稚園の時、同じ組だった。いつも一緒に遊んでいた。一年生になってからもたまに会ったりしてたけど、最近は全然会ってない。

卓也は僕とは違う私立の小学校に行ったのだ。すごく有名なところらしい。ここから少し遠いので、毎朝お母さんが車で送っていくそうだ。

最初のうちは車で行けていいな、と思っていたが、そのうち卓也は学校に行かなくなった。三年生になってすぐ、「不登校」をし始めたんだそうだ。

今は家に閉じこもっているらしい。お母さんは「不登校」とは言わなかったけど、「遊びに行ってあげなさい」と言った時、そうかな、と僕はすぐわかったし、近所のおばさんが何だか得意そうに話していたのも聞いてる。でも、僕はまだ遊びに行ってあげてない。卓也はあっちの小学校に行ってから、少しやな奴になっていたからだ。

でも、そう思ったのは一年生になってすぐだったし、今は少し変わっているかもしれない。それに、誰にもしゃべれないと思っていても、どうしてか卓也には話したいのだ。家に閉じこもっているよりかは、ずっと面白い話なんじゃないのかな。

でも、卓也は電話になかなか出てくれなかった。おばさんが、泣きそうな声で卓也を呼んでいるのが聞こえて、何だか悪いことをしているような気分になってきた。切ろうと思ったけど、おばさんは、

「お願い、毅くん、もう少し待って！　すぐに卓也、出るからね。待っててね！」

と何度もくり返すのだ。卓也に電話すると言ったら、お母さんが部屋で電話してもいいと言ったので、周りには誰もいない。下まで子機《こき》を持っていって、お母さんにかわってもらおう、と立ち上がったところで、やっと卓也が出た。

「……もしもし」

「あっ、卓也?!」

「……そうだよ」

「毅だよ。久しぶりだね。元気？」

「……何の用だよ」

卓也の声は、寝起きみたいだった。おばさんは、もしかして必死に起こしていたのかな。

「あの……あのね、今日遊園地のプールに行ったんだよ」

「……プール？　冬じゃん、今」

「そう、だから内緒で」

こんなにあわてて話すこともないんだけど、僕はなぜか早口になる。

「そこで、俺、すげえもの見たんだ」

「すげえもの？」

「知りたい？」

「……うん」

少し起きてきたのかも。

「ぶたのぬいぐるみが、魚釣りしてたんだよ」

卓也から、何の反応も返ってこない。僕は辛抱《しんぼう》強く待った。

「……何言ってんだよ、毅」

「だから、ぶたのぬいぐるみが――」

「そんなこと言いに電話してきたんかよ。相変わらず変な奴だな、毅」

卓也らしい言葉遣いになってきたけど、ぶたぶたのことは信じていないみたいだ。

「本当なんだよ、卓也――」

「俺、眠いから寝るな。もう電話してくんな」

ぶちっ、と電話が切れた。僕は大きなため息をつく。寝起きに電話したのがまずかったかな。でも、卓也がいつ寝てるかなんて、僕は知らなかったからなあ。

次の日から、僕は塾をさぼって、そのかわり、ぶたぶたがいるプールに行った。

ぶたぶたは、小さな竿を貸してくれて、魚釣りを教えてくれた。焚き火《たび》の上手なおこし方や、簡単な料理も。ぶたぶたは火が苦手なんだけれども、ちゃんと扱えば平気だと言う。

「無駄に火を使わなければ、僕にも扱えるから、君も大丈夫」

お母さんは、僕にガスコンロも触らせてくれないけど。

ぶたぶたのテントには、だんだん僕のものが増えていった。毛布とかクッションとか本とか。ぶたぶたにも、行くたびに何かを持っていってあげたけど、ぶたぶたは何も受け取らなかった。

でも、食べ物は別だ。ぶたぶたは、何でも食べるし、何でも飲める。「好き嫌いはいけないよ」と僕に言うのだ。

寒い時は、ぶたぶたのテントの中で、いろいろなことを話した。

「塾をさぼってること、お母さんは気づいてるの？」

「ううん、まだ知らないと思う。家にいないから、塾から何か連絡がない限り、わかんないと思うんだ」

「塾はつまんない？」

「ううん、そういうわけじゃないよ。塾もスイミングも体操も、別に落ちこぼれてて行きたくないってわけじゃないし。楽しいことは楽しい。友だちもいるし。けど、行かなくていいって言われたら、もう行かないと思うよ」

「じゃあ、どうして行くの？」

「お父さんとお母さんが行けって言うからね。行ってると安心してるみたい。成績やテストの結果とかはあまり言わないんだけど、行ってるって言っとくとそれで満足って感じだよ」

お父さんもお母さんも、好きなんだけど、あまり会えないとよくわかんなくなるのだ。

「家にいるの、楽しい？」

「うーん……楽しいのかなあ。よくわかんないや。今はぶたぶたと一緒にいる方が楽しいな」

ぶたぶたは、ポテトチップスを食べながら、僕の話をじっと聞いてくれる。最初におじさんだと思ったのは間違いじゃなかったみたいだけど、姿がぬいぐるみだから、何だか安心して話してられる。小さい頃、よくこうやって話していたってお母さんが言ってた。こうやってって、ぬいぐるみに向かってってことだけど。

あのくまのぬいぐるみは、いつの間にかどこかに行ってしまった。幼稚園の頃は、確かにあったのに……汚かったから、きっとお母さんが捨ててしまったんだ。

「お父さんとお母さん、忙しすぎるんだね」

ぱたぱたと手についたポテチのくずを払いながら、ぶたぶたは言う。ポテチは手品みたいになくなっていた。

「そうなんだ。家のローンとかあるしね」

「家持ってると、大変だよね」

「そうだよ。まだお金払い終わってないのに、お風呂《ふろ》が壊れちゃったりするし」

大変だったんだから、去年の冬は。

「ぶたぶたは、何か持ってるの？」

「何にもないよ」

あっさりと言う。

「僕もないんだ」

「君はそのうち、いろんなものが持てるようになるよ」

「そうかなあ……」

とてもそうは思えない。

「ああー、なんかうちに帰りたくないなあ……」

僕は、そう言って狭いテントの中に寝転がった。

「ぶたぶた、今晩泊めて」

「ダメ」

「えー、どうしてー？」

「帰るところがあるんだったら、そこに帰りなさい」

僕は、そう言われるともう返事ができない。

「ほら、もう暗くなるから、早く帰りなさい」

「ねえ、ここの夜ってどんな感じ？　怖い？」

「不気味だよ。冷えるしね。ぬいぐるみじゃなかったら、病気になるとこだよ。だからダメ」

「ええーっ」

先回りをされてしまったみたいだ。仕方なく、僕は靴を履《は》いた。と同時に〝夕焼け小焼け〞が流れてくる。これで、今日一日は終わりって感じがする。ほんとは、夜までずっとずっと長いのに。

「ねえ、ぶたぶた」

「何？」

「僕に、帰る場所がなかったら、ここに置いてくれるの？」

ぶたぶたは少し考えてから、

「だったら考えないでもないな」

と言った。

「じゃあ、僕、家出するよ。ううん、今から家出する。もう帰るとこないよ、僕」

ぶたぶたは、僕の言葉にちっちっちっ、と舌打ちをしてから、こう言った。

「家出と言っても、ちゃんとしきたりがあるんだよ。それを守ってからじゃないとね」

4

次の日、僕は持っている中で一番大きなバッグに荷物を詰めていた。

ぶたぶたは昨日、僕に〝家出のしきたり〟というものを教えてくれた。僕は、それを紙にメモった。

1　二度と帰らない覚悟をすること。

これはもちろん、即座に約束できることだ。冬の間はぶたぶたとあのプールで暮らして、プールを使うようになったら、今度はスキー場とかに行くのだ。僕のうちは、僕しか子供がいないけれども、これから弟や妹が生まれる予定があるかもしれないから、まあ大丈夫だろう。

2　でも、見つかったら素直に帰ること。

自分から帰ってはいけないけど、見つけられるのはいいんだそうだ。帰りたくなったら、家の近所をうろつけばいいってことらしい。

でも、僕はもう帰らないのだ。

3　一番大切なものを一つだけ持ってくる。

これが困った。大切なものはたくさんあるけれど、どれか一つと言われると、どれにも決められない。全部は、バッグに入りきらないし……。

ぶたぶたは、

「どうしても一個に決められない時は、枕《まくら》を持ってきなさい」

枕さえあれば、どこでも寝られるし、寝られればどこでも生きていける。とても大切なものだ、と言う。

なので、僕は着替えと少しの食べ物を入れたバッグの中に、いつも使っている枕を押し込んだ。そしたら、バッグはいっぱいになった。準備万端だ。

4　書き置きをする。

これにも困った。準備ができているのに、書き置きを何度も失敗しているのだ。何しろ書き置きなんて初めてだし……。

いくつ失敗したかわからなくなった時、僕はもうあきらめて、必要なことだけを書いた。


おとうさん、おかあさん。

ぼくは家出をします。

さがさないでください。

毅

何だかとてもつまらない気がしたけど、これで我慢するしかない。僕は、手紙を封筒に入れて、表に「かきおき」と大きな字で書いた。

そして、バッグを持って、外に出た。しきたりの一番最後は、

5　誰にも見つからないようにする。

だった。そのためには、とても気をつけなくてはいけない。特にあそこんちの犬には。

でもやっぱり、犬よりも気をつけなくちゃいけないのは人間だ。

家を出て三分もしないうちに、友貴《ともき》に会ってしまった。学校のクラスは違うけど、学習塾やスイミングでいつも一緒になる友だちだ。

「どこ行くの?」

「え、プールに行くんだよ」

僕は、「スイミングに」と言うところを、ついプールと言ってしまった。でも、意味は同じだから、まあいいや。スイミングだと嘘だけど、プールだったら嘘じゃない。

友貴は身体がとても大きいわりに、気が小さい。塾でもスイミングでも、僕のあとについてくる。最近、全然行ってなかったから、心細かったのかもしれない。こんなところで友貴に会うなんてこと、今までなかったんだから。友貴の家は、僕の家とは正反対の方向だ。

「曜日変わったの?」

「うん、まあ……」

嘘じゃない。嘘じゃないんだ。

「また火曜日に来てよ。毅来ないと、つまんないからさ」

「うん、わかった。考えてみる」

使ったことのないセリフは、何だかとても嘘くさく聞こえる。嘘なんだけども。

「じゃあな」

「うん……」

友貴の返事を最後まで聞かず、僕は走り出した。

今日はもう、〝夕焼け小焼け〟がかかっても帰らなくてもいいんだ。それだけで、何だかとてもうれしい。

「枕にしたの？」

ぶたぶたが、僕のバッグの中をのぞきこんで言った。

「うん。持ってきたいものがいっぱいあってさ。わかんなくなったから、枕にしたんだ」

「書き置きはどうしたの？」

「書き置き、うまく書けなくて……。結局、『家出します。探さないで』って書いただけだった」

「そうか」

ぶたぶたは、僕をむりやり帰すことはなかった。正直に言うと、やっぱりちゃんとしきたりを守ったにしても、子供は帰れってことになるんじゃないかって思っていたのだ。でも、ぶたぶたはそんなことしないってわかった。

「今夜はカレーにしようと思ってね」

ぶたぶたが、スーパーの袋を差し出した。

「わあ！　じゃあ、僕作るよ！」

大きな鍋《なべ》は、ぶたぶたが丸ごと入ってしまいそうだった。いっしょうけんめい野菜を切る。ぶたぶたは上手なので、いっしょうけんめいなのは僕だけだ。

夕食の支度《したく》をしている間に、空はどんどん暗くなって、寒くなった。コンクリートと水に囲まれているようなものだから、すごく寒い。

僕が、かじかんだ手をこすっていると、

「寒い？　帰る？」

とぶたぶたが言った。

「平気だよっ」

寒いだけじゃん。

我慢して作っているうちに、身体があったまってきた。味付けの担当はもちろんぶたぶただ。自分の顔ぐらいありそうなおたまを上手に使って、味見をする。

「う〜ん、上出来」

ぶたぶたのカレーは、本当においしかった。お母さんのよりも好きだ。

「ねえ、ぶたぶた。いつまでここにいるの？」

「そうだなあ……春までかな」

もごもごとカレーを食べながら、ぶたぶたが言う。大きなスプーンが、顔の半分くらいある。

「春になったらどこに行くの？」

「そうだなあ。今度はもっとあったかいところに行こうと思うよ」

「旅に出るの？」

「そうだな」

「僕も一緒に行ってもいい？」

「いいよ」

前だったら、きっと「ダメ」って言ったんだ。家出をしてきたって認めてくれたらしい。

「ほんとは、サーカスに入ろうかなって思ってたんだけど」

「ええーっ、それいいよ！　ぶたぶた、絶対に人気者になるよ、きっと！」

「そうかな？　ご飯炊きでもしようかなって思ったんだけど」

「そんなんダメだよ。ちゃんと舞台に出て、何かやるの。玉乗りとか……空中ブランコとか。何でもできるよ、ぶたぶたなら。落ちても平気なんだもん。僕、マネージャーやったげるよ」

絶対絶対っ、ぶたぶたのいるサーカスはすごい人気になるはずだ。きっとみんな、ぶたぶたを好きになる。

「そんなこと、できないよ……」

ぶたぶたはくすくす笑っただけだったけど、まんざらでもないみたいだった。

「じゃあ、春になったら二人でサーカスに入ろう」

「僕だけじゃなくて、毅くんも何かできないと入れてくれないかもしれないよ」

「いいよ、そしたら浮き輪でフラフープの練習しとくよ」

こんなことなら、一年生の時に一輪車の練習をさぼったりするんじゃなかったなあ。

突然、ぶたぶたが紙皿を置いた。

「何？」

「しっ。誰かいる」

ぶたぶたは懐中電灯をつけて、あたりを照らした。

ここで家出は終わり？　そんなのいやだ！

「遊園地の人？」

「違う。子供だよ」

ぶたぶたはプールサイドに上がっていった。僕もついていく。

懐中電灯を消して、プール全体を見渡せる橋の上から見ると、すぐにわかった。小さな懐中電灯の灯《あか》りが、ちらちら頼りなく揺れている。

近寄ってみると、ぶたぶたの言ったとおり、子供だった。しかもそれは――卓也だった。

「卓也!」

僕の声に、卓也は文字どおり飛び上がった。もう少しでプールに落ちるところだった。

「何してんだよ、こんなところで!」

「毅、やっぱここだったんだ」

卓也の鼻の頭は、寒いせいか真っ赤になっていた。少し鼻声だ。

「やっぱって何だよ」

「さっきうちにお前んちから電話あったぞ。『いなくなった』って」

そりゃあるだろう。だって家出したんだから。

「でも、何でお前がここに来るんだよ」

どうしてここだってわかったんだ?

「だって、プールでぶたのぬいぐるみを見たって言ったじゃないか。だから、絶対ここだって思ったんだよ」

「あー……憶えてたんだ」

「忘れねえよ、あんな変な電話」

卓也は大人のような口ぶりで言った。

「どこから入ってきたの?」

「俺だってここらに住んで長いんだから、どこからここに入れるかくらい、すぐわかったよ。植木がばきばきに折れてたし」

僕と卓也は、ちょっとの間にらみあっていた。というか、卓也がそんな顔で見てたんだけど。

「僕、家出したんだよ」

「知ってる。電話でお母さんが話してるの聞いたから。何で?」

「それは……」

その時、ぶたぶたが僕の前に出た。

「ここは寒いから、こっちに来て温まったら?」

突然の下からの声に、卓也はびっくりして懐中電灯をぶたぶたに向けた。ぽかんと卓也の口が開く。

「……何、これ?」

「だから、ぶたのぬいぐるみ。ぶたぶた」

目から光線が出そうなくらい、卓也はぶたぶたをじっと見つめた。懐中電灯に照らされてても、ぶたぶたは文句を言わない。

そして、いきなりその灯りを僕の方に向けた。

「毅……それで、家出?」

僕は、うなずいた。

卓也は、がつがつとカレーを食べている。

「よほどお腹がすいてたんだねえ」

「ああーっ、ごちそうさまーっ」

一生分食べたみたいな声で、卓也は言った。この間の電話の声とは大違いだ。

「卓也……もう帰った方がいいんじゃないの？」

椅子《いす》がわりの浮き輪の上で丸まっている卓也を見て、僕は言う。

「俺も家出する」

「ええーっ！」

僕は驚いてぶたぶたを見た。あんまり驚いていない。ティッシュでおたまを拭《ふ》いている。

「何で家出するんだよ……」

「お前が家出するんだったら、不登校児の俺が家出しないでどうすんだ」

うちに閉じこもっている子供とは思えない言い方だ。

「ダメだよ、僕たちは春になったら旅に出るんだ」

「じゃあ、俺もついてく」

「サーカスに入るんだから！」

「俺、一輪車乗れるもん」

僕は、何も言い返せなかった。くやしい。

その時、ぶたぶたが立ち上がった。

「また子供が来たよ」

今度は二人——一人は友貴だったが、もう一人はわからない。

「ごめん……毅のあと、つけたんだ」

友貴が言う。

「プールに行くなんて言って、こんなとこに入ってくから……明るいうちに俺も中に入ったんだよ。そしたら、ぬいぐるみがいてさ……びっくりしちゃって。それで、有貴《ゆうき》を呼んだんだ」

「呼んだって、誰なの、この子？」

その子は、友貴と背の高さは同じくらいだったが、だいぶやせていた。何となく弱っちくて、気取った感じだ。

「これは、俺の弟なんだ」

友貴が言う。

「え？　弟なんていたの？　何年生？」

「双子《ふたご》だから、同い年」

「ええー、あんまり似てない……」

　卓也がぼそりとつぶやく。

「それに、見たことないよ。スイミングにも塾にも来てないよな」

「学校が違うんだよ」

「双子なのに？」

「双子だけど、出来が違うんだってさ。二卵性《にらんせい》だし」

　友貴がふふん、と鼻で笑った。

「ごめんよ、話を聞いて、僕もそのぬいぐるみが見たくなっちゃって……」

　双子の弟が言った。

「俺、有貴には内緒にできないんだよ」

　二人でうつむいている様子は、顔が似てなくてもそっくりに見えた。

「ホカロン持ってきたから、許して」

　二人は、僕たちの前に山のようなホカロンを差し出した。僕たちはそれを揉《も》んで、お腹や背中に当てた。ぶたぶたも、お腹に抱くようにして持っている。

「ぶたぶた、あったかい？」

「うん、とっても」

　カレーは、双子が食べたらみんななくなってしまった。いつまでも火を焚いていると危ないのと、気づかれるかもしれないので、焚き火はもう消してしまった。

でも、ホカロンはあったかいし、今夜は満月で、火なんてなくても充分明るかった。緑色のプールの水でさえ、銀色に見える。

泳げそうだけど、入ったらきっと凍ってしまうんだ。けど、それでもいいと思えるような色だった。

僕とぶたぶたは、プールサイドに立って、銀色の波をいくつも数えた。月の光が明るいなんて初めて知った僕は、いくら見てても飽きなかった。夏の日射《ひざ》しが反射するのも大好きだったけれども、まぶしくない光は、自分から見つけようとしないと数えられない。

「ぶたぶた、何見てるの？」

ぶたぶたも僕と同じように見つめていた。卓也と友貴と有貴は、浮き輪の輪投げに夢中で、そんな僕たちに気づかない。

「見てて」

ぶたぶたが、僕に言う。

ぶたぶたのピンク色の手先がぐるんと上に上がると、ぴち、と魚がはねた。飛び散る水玉が、真珠みたいに落ちていく。そして、またぐるん。そのたびに、魚がはねる。魚も銀色に染まっていた。

僕は、思わず小さく拍手をしたけど、ぶたぶたは自分がしたとは思っていないような顔をして、銀色のプールを見つめていた。

ぶたぶたがしてくれたことはそれだけだったけれども、僕がやってもできなかったし、教えてくれるわけでもなかった。いくら言っても、もう二度としてくれなかった。

でも明日また、やってくれるって僕はわかっていた。

家出をしたのが、こんな夜だったなんて、僕は何てラッキーなんだろう、と思った。涙がこぼれそうになって、我慢をしたら、口から大きな大きな煙みたいなため息が出た。

ぶたぶたと同じくらいの大きさのそのため息は、一瞬だけ銀色に輝いて、そして消えていった。


春まで、こんな時間がずっと続くものだと思っていたのに、僕たちの家出はその夜、次の日になる前に、終わってしまった。

僕たちは、いろいろ話し合って、もっといっぱいメンバーを集めて、僕たちだけでサーカスを作ろうとしていた。なんたって、花形スターはぶたぶたともう決まっている。卓也は一輪車に乗れるし、有貴は暗算が得意だ。僕と友貴は、でこぼこのピエロをやればいい。だから、あとはぶたぶたの空中ブランコの相手ができる奴を、とか、猛獣使いもいるな、とか――。

でも、夜中にテントの中で、みんなでぎゅうづめになって寝ていたら、突然大人たちがやってきた。口々に怒鳴りながら、テントの中に入り込み、僕たちの腕をつかむ。

「ぶたぶた！」

僕は、隣で寝ていたはずのぶたぶたの名前を呼んだ。懐中電灯の灯りが邪魔で、よく見えない。

「ぶたぶた!!」

手を伸ばすと、柔らかいものに触った。僕は夢中で、それを抱きしめる。ぶたぶたが大人に見つかったらどんなふうにされるか、怖かったからだ。

「毅！」

お母さんの声がする。

「毅、お前は、心配をかけて――！」

お父さんの声もする。でも、僕はぶたぶたを守らなきゃ。おじさんだけど、僕よりも小さくて、風が吹いたら飛ばされてしまうんだ。だから――だから――！

「毅!!」

ぱちん、と音がした。頰《ほお》がひりひり痛い。

「どうしたの、いったい何があったの、どうして家出なんかしたの――……！」

お母さんが、僕をぎゅうっと抱いて、泣き出した。

僕は、腕の中のぶたぶたが、急に違うものになったように思えた。でも、身動きがとれない。お父さんがお母さんを抱きかかえて、やっと僕はぶたぶたを見る。

「お前……よくそんな古いもの、見つけたな」

僕が抱いていたのは、ぶたぶたじゃなかった。小さな頃、いつも話しかけていたくまのぬいぐるみだった。

5

見つかった時には、

「なぜ？　どうして？」

と思ったけど、実は僕のせいだった。僕の書き損ねた書き置きに、プールのことが書いてあったからだ。破って捨てれば良かったんだけど、丸めただけだった。結局、僕が一番間抜けだったってことだ。

ぶたぶたの〝家出のしきたり〟によれば、見つかった時には素直に帰らなくちゃいけない。だから僕たちは、家に帰ってこっぴどくしかられた。

けど、あれからいろいろなことが変わった。

卓也は、せっかく入った私立をやめて、僕たちと同じ公立小学校に通うことになった。毎日休まず来ている。僕は学習塾だけは行っているけど、それ以外はやめてしまったから、二人でいつも遊んでいる。最近はお父さんもお母さんも、仕事から早く帰ってくるようになった。

友貴と有貴は、春になったら同じ学校に転校することになった。一緒のお腹の中にいたもの同士って、不思議な結びつきがあるんだ、と友貴は言っていたけど、本当だろうか。

そして、ぶたぶた……。

あれから、一度も見ていない。

プールは、僕たちが忍び込んだせいで、植え込みの外側にフェンスが張られてしまい、そう簡単に入れなくなってしまった。ぶたぶたのテントや毛布などは、僕たちが「知らない」と言い張ったから、誰かが入り込んだ時に置いていったものだろう、ということになったみたいだ。

もしかして、また戻っているのかな、と思うんだけど、フェンスはつるつるしていて全然登れない。確かめることはできそうにないし、それにやっぱり、危ないから別のところに移ったのかもしれない。——もうすぐ春だし。

でも、このくま……確かにぶたぶただったはずなのに。くまは、あそこにいなかったはずなのに。

僕は時々、くまに話しかけてみる。

「もういいんだよ」

とか、

「周りには、誰もいないよ」

って。

でも、くまは何も言わない。

「夢だったのかな」

そう言ってみても、くまは黙ったままだ。

「春になったら、二人でサーカスに入るって約束したじゃん」

拍手喝采《かっさい》の中、ぶたぶたが空中ブランコに乗っている姿を想像していると、あの銀色のプールを思い出す。

あんなふうな夜にしてくれたのは、ぶたぶた？　魚が何度もはねたのも、みんながあそこに集まったのも、カレーがおいしくできたのも——。

ぶたぶたの魔法は、もうなくなってしまったんだろうか……。でも。

「僕、待ってるよ」

またくまに話しかける。

僕が忘れなければ、また会えそうな気がするのだ。このくまみたいに。

「大人になっても、絶対忘れないよ」

その時また、二人で旅に出られたらいいな——と僕は思った。

追う者、追われるもの

1

私は私立探偵である。

長年、探偵社に勤めていたが、最近独立をした。仕事は、以前の会社で親しくなったお客さんが依頼してくるぐらいだが、彼らにもそうそうやっかいなことがふりかかるわけではない。

しかし、気楽で孤独な生活は、なかなか楽しいものだ。食べるくらい、何とでもなる。退屈な依頼であっても、仕事は仕事だ。

そんな時に、その奇妙な依頼が舞い込んだ。

ある昼下がりに、一本の電話がかかってきたのだ。

「ある方を尾行していただきたいんです」

いきなり要件を切り出された。普通は料金であるとか、どんな依頼を引き受けるのか、といった質問をするだろうに。

「失礼ですが、どのような事情があっての尾行でしょうか？」

「それは言えません」

硬い感じのする女の声だ。かっちりとしたパンツスーツに身を包んだ女が脳裏《のうり》に浮かんだ。

「こちらが申したとおりに尾行していただければ、謝礼ははずみます」

「なるほど。では、条件をお聞きしましょう。聞いてからこちらも返事をしてよろしいということですね？」

「もちろんです」

笑いを含んだ声に、私の頰《ほお》もゆるむ。外見はむろんわからないが、声だけは間違いなく美女だ。少しの間、会話を楽しんでもいいだろう。

「条件というほどのものではありませんが、こちらが指定をした方を尾行していただいて、その報告書を送っていただきたい――というだけです」

「それだけですか？」

「ええ、できれば克明《こくめい》なものを。無理にとは申しませんけど」

「写真は？」

「写真はよほど変わったことがない限り、けっこうです」

写真はいい？

「ビデオや会話の録音は……？」

「それはけっこうです。報告書と、そちらが必要だと思った時だけ写真をお願いします」

「必要――ということは、例えば浮気の現場とか……」

さりげなくかまをかけてみたが、

「そういうことだけではなく、とにかく必要に応じてです」

とりつく島《つ》もない。

あとを尾けて、報告書を書くだけでいいと言うのか？　何だかとても楽だが……裏がありそうだ。

うまい話は信用できない。しかし、私はそれ以上詮索《せんさく》はしなかった。

「わかりました。では、一度こちらにいらしていただいた方がよろしいかと思うのですが——」

「あ、それはちょっと……」

少し戸惑った声がした。

「ちょっと都合が悪いんです」

「でも、その尾行する方の写真でもないと、我々は何もできないんですが」

「謝礼を先に振り込みます。そしたらさっそく始めていただきたいんです」

「それはもちろんかまわないですけど、写真を——」

「写真がなくても、口で説明するだけですぐわかると思います」

私の言葉を遮《さえぎ》って、彼女は言った。

「そんなに特徴のある方なんですか？　それでも間違えたら大変ですから——」

「いえ、間違えません」

彼女の声は、この上なくきっぱりとしていた。

「ぬいぐるみですから」

「は？」

「尾行していただきたいのは、ぶたのぬいぐるみなんです」

2

絶対にいたずら電話だと思ったのだ。教えてもらった番号は携帯電話だったし、報告書の送り先はEメールのアドレスだし。

けれど、振込は向こうが言ったとおり、三日後には行われていた。言ったとおり、基本料金に色をつけてくれた。それもかなり。

そのかわり、何も詮索せず、写真もなし。

尾行を始める時間と場所だけを教えてもらった。そこに行けば、絶対にわかると言う。

教えてもらったのは、

『ピンク色をしたぶたのぬいぐるみ』

ということだけだ。

まあ、普通の人に混じってぬいぐるみをかぶっている人がいれば、それは目立つであろう。しかし、今は七月だ。死んでしまわないだろうか、脱水症で。しかも臭《くさ》そうだ。よほどの変わり者なんだろう、と思いつつ、私は教えてもらった場所に出向いた。

私鉄の駅だ。最近都営の地下鉄も通り、新宿まで直通で行けるようになった。尾行する相手は、ここまでバスで来て、地下鉄に乗り換える。毎日判で押したように同じなのだそうだ。

今朝も朝から強い日射《ひざ》しが照りつける。私は汗を拭《ぬぐ》いつつ、待った。

指定された時間がやってきた。事故でもない限り、この時間前後にバスが着く。そこから、目指す人物が降りてくるはずだ。

一台のバスが停留所に止まった。すべてのドアが開き、中から乗客が排出される。どこから降りてくるのだろう。後ろか？　前か？　私は注意深く目を光らせる。

ぶたのぬいぐるみを着ていれば、かなり目立つはずだ。中にいても立ち上がればわかるだろう。そう思って中も見てみたが……ぬいぐるみを着ている人は見当たらない。

おかしい。すぐにわかると言っていたではないか。これ以外手がかりがないのだから。だから言ったのだ、ちゃんと写真を寄こせと。私だってベテランと自負しているが、失敗しないわけではない。人間なんだから。そんな、ぬいぐるみを着ている人なんて、どこにも……。

いなかった。確かに。ぬいぐるみを着ている人は。

けれど、それは私の勘違いだというのがわかった。ぬいぐるみを着ている人はいなかったが、ぶたのぬいぐるみはいた。

それは、私の目の前を通って、とことこと地下鉄への階段を降りていく。

「ぶたのぬいぐるみ」

私は思わず声に出して言ってしまった。

大きさはバレーボールくらい。背中に黄色い革のリュックを背負っている。手には定期。エスカレーターを使わず、階段を使用。

私はあわてて階段を見下ろした。

大きな耳の生えたピンクのバレーボールが、とととと……と階段を駆け降りていく。

「なっ、ななな……！」

あまりにも急いで階段を降りたもので、自分の声の制御《せいぎょ》にまで気が回らない。かろうじて最初の一文字だけで我慢したが、本当は、

「何だあれはーっ!!」

と叫びそうだった。

『ぶたのぬいぐるみじゃないかー!!』

と心の中で叫んで、そう言われてたんだっけ、と異様に冷静に思い直す。そうだ、尾行

だ、尾行しなければ。俺はあのぬいぐるみを拾いに行くんじゃないのだ。

先走りする足を、必死に止めた。

こっちが尾行するのだから、こんなにあわてて目立ってはいけないのだ。

しかし、ぬいぐるみは確かに単独で見ればだいぶ目立つのだが、たくさんの人の中に混じるとさっぱり見えない。小さすぎるのだ。足元を見て歩いていると、人にばんばんぶつかるし。

あっちは定期を持っているので、思いっきり背伸び、というより定期を投げ入れるようにして自動改札を通っていく。閉まっていてもあまり関係ないではないか。

ホームは狭く、思ったよりも混み合っていなかった。ぬいぐるみは、柱によりかかって、リュックの中に定期をしまっていた。

次の電車が来るまで、少し間があった。私は、尾行の対象者を観察することにする。

とはいえ、まだ私は充分に動揺していた。とりあえずここまで来てしまったけれども、本心を言えば帰りたい。いや、別にぶたのぬいぐるみを尾行したくないとか、そういう仕事の選《よ》り好みをしているわけではなくて……暑くて頭がおかしくなったかな、と。そう思っただけなのである。病院に行こうかな、と。

ショックだったのは、そのぶたのぬいぐるみが異様にかわいかったことである。気味悪いと思えない自分に、一番動揺していた。リュックの中をひっかき回している仕草《しぐさ》がとても愛らしいのだ。

わあああ、こんなこと思いたくないっ……！

めまいがしてきた。すっぱいつばが上がってくる。

思わず座り込むと、ぬいぐるみがとても見やすくなった。彼は（男だと聞かされていたのだ……）、リュックの中から文庫本を取り出すところだった。そして当然のように、柱によりかかって読み始める。薄い文庫本だが、大きさが彼の半分くらいあった。よくバランスを崩さないものだ。

地下鉄がホームに入ってくるアナウンスがかかると、彼は本を閉じた。するとすぐ、ごーっと低い音を立てて、ゆっくり地下鉄がホームに入ってくる。風が顔に当たる。ぬいぐるみは足を踏ん張るようにして仁王立《におうだ》ちをしている——ように見えた。

ドアが開くと、慣れた足どりで車内に入る。よく踏まれないものだ、と感心してしまう。

運よく空《あ》いた席があったので、ぴょんと飛び上がって座り込んだ。

そのまま終点の新宿まで、彼は座って本を読み続けた。

尾行としてのその二十分弱は、とても楽なものだったが、こっちはそんな場合ではなかった。この地下鉄の車内で、うろたえているのは自分しかいないように思っていたからだ。いくら都会の人が冷たいとか無関心だとか無表情だとか言っても、ぬいぐるみなんだから。依頼人だって言ってたじゃないか、ぬいぐるみだって。

いや、そんなことはとっくにわかっているのだ。さっきからぬいぐるみだぬいぐるみだと言ってばかりではないか、自分は。

落ち着け落ち着け。また貧血を起こしては、尾行に気づかれてしまう。それより何より、電車の中で倒れるのはかっこ悪い。

深呼吸をしてみる。隣に立っていたOL風の女がいやな顔をして私を見上げた。私にそんな目をくれて、あいつはいいのか、あいつはっ。

指さして叫びたい衝動にかられるが、必死に我慢する。

やっぱり夢なのではないだろうか。そうでないなら少しおかしくなったのか……暑さにあてられて。昨日、何か悪いものを食べたかな。なま物は避けているというのに……。

だいたいどうしてみんな平気な顔をしているのだ。もしかして、私にだけあんなふうに見えているのか？　裸の王様状態？　いや、ちょっと違うか。何だいったい。王様の耳はロバの耳？　ロバじゃなくてぶただけどいや、これもちょっと違うような気がする。

そんなくだらないことを考えている場合ではないのだ。そうだ、そうだ電話をかけてみよう、依頼人に。

ぬいぐるみが降りるのは新宿だと言っていた依頼人の言葉を信じ、こそこそと車両の隅に移動して携帯電話をかける。

しかし……留守番電話だった。

どうしよう。メッセージを入れるか。どうしよう。

「ぬいぐるみに見えるんですけど、いいんでしょうか？」

とでも入れるというのか？　アホのようである。彼女ははっきり「ぶたのぬいぐるみだ」と言ったじゃないか。

結局メッセージを入れずに電話を切る。冷房がきいているのに、汗びっしょりだ。見るからに怪《あや》しい。ベテラン探偵としての自負ががらがらと崩れていくようだ。

ドアに向かって深呼吸をして、私は覚悟を決めた。とにかく言われたとおりに尾行をしよう。そして、報告書を書こうじゃないか。やってやろうじゃないか。

一人でこぶしを振り上げる。

振り向くと、ぬいぐるみはまだ座って本を読んでいた。私はため息をつく。振り向いたらちゃんとした人間に変わっていることを期待したのだが、泡と消えた。

地下鉄が新宿駅に到着する。ドアが開き、乗客がぞろぞろと降りていく。

ぬいぐるみは、周りの人がすべてドアの方に移動してから、立ち上がった――というか、座席から飛び降りた。ドアに向かいながらリュックを下ろし、本をしまう。

私はそれを隣の車両から見ていた。彼がホームへ降りてから、私も動き出す。

ゆったりした足どりで、ホームを歩く後ろ姿を見て、ふと、これからどこに行くんだろう、と思う。

聞いてなかった、そういえば。うかつだった。これは自分が思っているよりもずっとうろたえているようだ。

仕事にでも行くのだろうか。

当たり前のことを考えたにもかかわらず、笑いの発作《ほっさ》に襲われる。どこかデパートのおもちゃ売り場だったらどうだろう、とか浮かんだもので。しかし、行ってどうするんだろう。売れたりしたら？　買われていくんだろうか。買われてどうするんだ？　また地下鉄使って家に帰るんだろうか。バス乗って。定期使って。

際限なく浮かんでくる思考を遮ったのは、地下鉄の出口近くで彼が立ち止まったことだった。彼は、リュックの中から財布を出し、小銭をまるでお賽銭《さいせん》をあげるように放《ほう》った。うまい具合に雑誌の上に小銭が載《の》ると、おばさんは当たり前のように牛乳の栓《せん》を抜いて、ぬいぐるみの方に差し出した。ぬいぐるみはその牛乳の瓶《びん》を受け取って、両手で大事そうに支えながら、ぐびぐびと飲み始めた。飲み始めたっ。突き出たぶた鼻の下に押しつけて、倒れそうなくらいのけぞって。

飲んでるよ飲んでるよっ。中身がどんどん減っていく。手品かっ。開いても濡《ぬ》れてない新聞紙じゃないのかっ！

……ここまでの道のりで、フルマラソンを三回ぐらいしている気分になってきた。ぬいぐるみは牛乳を飲み干し、空き瓶ケースに瓶を置くと、西口方面の階段を上がっていった。

ハンカチで口をふきふきしている。

口があるんなら、だが。

——どうも手品ではないようだ。

売店のおばさんに今のぬいぐるみのことを訊《き》こうとしたが、やっぱりやめた。もし本当に自分だけぶたのぬいぐるみに見えていたら困る。くやしいので、腰に手を当てて牛乳を飲んでやろうと思ったが、見失ってしまうのでやめた。


地上に出ると、むわっと熱気が襲ってくる。とうに三十度を超えているし、コンクリートやアスファルトが充分暖まっているから、電子レンジの中にいるようだった。

蒸された野菜みたいな歩き方で高層ビルに吸い込まれていく人々に混じって、彼はいた。

明るい日の下で見ても、やっぱりぶたのぬいぐるみだった。淡いピンク色が日射しに映える。大きな耳の片方が、少しそりかえっていて、その耳の内側と同じ色の布が手と足——じゃなくて両足の先についていた。ひづめかあれは。

目は黒いビーズである。表情は全然ないに等しいのだが、本には感動していたようだ。どうしてかわかった。

ぬいぐるみなので、服は着ていない。

ちょっと待て。こういうのまで報告書に書くべきなんだろうか。「克明に」と言われてはいる。確かに物によっては服を着ているぬいぐるみもいるが、この場合はどうしたらいいのだっ？

考えているとまた混乱してくるので、とにかく行動だけを見守ることにした。するようにした。

尾行するだけに徹《てっ》すると、彼はとあるビルに入っていった。高層ビル群の手前にある真新しい雑居ビルだ。一階にコンピュータ販売店がある。

エレベーターのボタンの下にあるビールのケースに乗って、二階を押す。

ドアの向こうにぬいぐるみが消えてから、二階に何が入っているか確かめる。社名から何の会社だかはわからないが、ここが勤め先ってことか？

ところで、どうしてここにビールのケースが当たり前のように置いてあるのだろうか。

いやいや、もう考えないようにしよう。

とにかく、見張りやすいところに入ってくれてよかった。非常階段を確認したが、どちらを使うにしても前の道に出ないとならない。一つのところを見ていれば動きはわかるはずだ。

向かい側にあるファーストフードに入って二階に上がる。窓際《まどぎわ》の席に陣取ると、ビルの出入口が丸見えだ。見張りながらも遅い朝食が取れる。

しかも、二階にあるオフィスがそこからよく見えた。ブラインドが上げられた社内も丸見えだ。社員は十人にも満たないようだったが、みんなカジュアルな服装で仕事をしている。ほとんどの机の上にはパソコンが置かれており、あのぬいぐるみも窓際でマウスを動かしていた。

ぶたのぬいぐるみがマウスをっ。

また笑いの発作に襲われそうになるが、必死にこらえる。

ぬいぐるみは、真剣な表情でモニターを見上げている。いったい何の仕事をしているのだろうか。だいたいほんとに仕事をしているのか？

私はファーストフード店の中を見渡した。ビジネス街だけあって、スーツ姿でハンバーガーにぱくついている人が多い。みんな食べることに集中しているようだ。食べながらケータイでメールをしている人もいる。

誰も気づかないのか、あんなにかわいいのにっ。

と言いたい気分になってくる。とりあえず写真を撮っておこう。別に必要ではないけど。

カメラを取り出して振り返ると、今までいた席に彼はいなかった。

「おっ、やべっ」

思わず声が出た。あわてて立ち上がろうとすると、机の上にマグカップが置かれる。下の方からせせり上がってきたぞ。

ぴょこん、とぬいぐるみが再び現れる。マグカップを引き寄せ、両手で包むように持ち上げた。

望遠のレンズから見ると、マグカップから上がる湯気を吹き飛ばしているのがよくわかる。何だあれは。コーヒーかしら。

そして、慎重な感じでカップを傾《かたむ》けた。鼻がカップのふちに隠れる。濃いピンク色をしたひづめが今にも滑《すべ》りそうで、私ははらはらする。

それを写真に撮って、つい「いい写真が撮れた」と思った時、私は頭を抱えてうなってしまった。

午前中のほとんど、彼は窓際のパソコンの前にいた。時折いなくなるがすぐに戻ってくるということはトイレか何かなのだろう。奥の方で女の子たちとお菓子を食べていたりもしていた。楽しそうだ。彼も女の子たちも。

十一時半を過ぎた時、椅子《いす》の背にかけたリュックを彼が取るのがわかった。外出だ、きっと。昼食に行くのだろうか。

同僚《どうりょう》らしき男性と女性二人、計四……人で、ビルから出てきた。会社の近くにあるパスタ屋に入る。

行きつけなのか、ウエイトレスが彼の椅子の上にクッションを置く。すると、ちょうどいい高さになる。

みんなそろって同じものを注文したようだ。私が注文したものと同じもの。つまり日替わりパスタか。

四人は楽しそうにしゃべりながら、あさりのトマトソースを食べている。ぬいぐるみも、ちゃんと食べている。きちんとフォークを使っている。ずるずるすすることはないようだ。どうもうまくパスタが食べられない私は、ちょっと恥ずかしくなる。フォークに巻き付けられないのだ。パスタを食べるとなると、緊張してしまう。ピザにすればよかった、と後悔する。特にぬいぐるみの方がずっと上手に食べているのを見たひにゃあ。

ぬいぐるみは、パスタとサラダとパンを残さずたいらげ（質量的には、彼の身体《からだ》よりあると思うのだが）、水を飲み干し（さらに重い）、ナプキンで口を拭《ふ》くと、一人だけ椅子から降りた。手を振って先に店を出ていこうとする。

私もあとを追いかける。

店を出ると彼は新宿駅の西口へ向かい、ＪＲの改札をくぐる。その時気がついた。彼は手に書類袋を抱えている。何を持っているのかと思っていたのだが、社名が入った封筒を持っているのだ。定期入れを首から下げているのも、手に何か持ったためだろうか。

ぬいぐるみは埼京線《さいきょうせん》に乗った。両手でしっかり封筒を抱えて、ドアによりかかっている。文庫本を読むこともなく、一点をじっと見つめたまま動かない。

もしかして……外回り？　営業？　それともただのおつかいか……犬を肉屋へ行かせる

ように。

心配にならないのだろうか、会社の人は。

たまに彼の姿を見て、ぎょっとした顔をする人がいて、少し安心する。が、間もなく無関心な顔になってしまう。あれはふりなんだろうか。それともやっぱり、自分にしか見えてないんだと思って、すばやく忘れてしまうのだろうか。

近寄って言ってあげたい。

「錯覚じゃないんですよ」

しかし、いまいち私も自信がないので、それはやめた。

ぬいぐるみは、恵比寿《えびす》で電車を降りた。西口に出て、こじゃれたブティックや雑貨店などが並ぶ坂道を上がっていく。

後ろから見ていると、何だかふらふらしているように見える。確かにけっこう長い坂だが、ゆるやかなので——というのは、人間の感覚か。本当は二本足で立っていること自体つらいのかもしれない。ぬいぐるみにはぬいぐるみの苦労がありそうだが、私には想像もつかん。

やがてぬいぐるみは、一軒の店に入っていった。外見から花屋か喫茶店かと思ったが、そうではないらしい。ハーブやエッセンシャルオイルなどを扱う輸入雑貨の店、と看板にはある。

中は若い女の子ばかりなので、私が入るのはいかにも怪しい。向かい側に電話ボックスがあったので、その中に入って様子をうかがう。

十五分ほどして、ぬいぐるみがその店から出てきた。すぐさま移動を開始する。

彼は、恵比寿や渋谷、原宿あたりの同じような店を何軒か回った。一軒だけ向かい側がコンビニで、しかも狭い通りだったので、立ち読みしながら見張れたのだが、その時に限って言えば、どうもお得意に何か資料を届けに来たように見えた。ついでに、何を扱っているのか知らないけれども、新製品の営業か？

坂道を登っていた時よたよたしていたのは、坂道がきつかったのではなく、小さなパソコンを背中のリュックに入れていたからだ。彼はそのパソコンに何やら画像を映し出して熱心に説明をしていた。店員たちは、いぶかしげな表情も見せずに、うなずいたり笑ったりしていた。和《なご》やかな雰囲気《ふんいき》だ。

基本的にこのぬいぐるみの周りに、不穏《ふおん》な空気が漂《ただよ》うことはない。不穏なぬいぐるみなんて、中に麻薬や爆弾が仕込んででもなければ普通ないだろう。

しかし考えてみれば、麻薬が仕込んであるぬいぐるみよりも、昼にパスタ食って、パソコンを動かせるぬいぐるみの方が普通ではないのである。どうもそのことをつい忘れてしまうのはなぜだ。やはり暑気《しょき》あたりだろうか。

ぐう、と腹が鳴る。身体は実に活発に活動している。

しかし、もう少し辛抱《しんぼう》してみよう。これも仕事だ。依頼者からは、尾行を始めたところに戻ってきたら、その日は終わり、と言われている。今日は初日だし、とりあえず目を離さないでおこう。幸いひどく暑いので、トイレに行く必要性をほとんど感じないのがありがたい。

暗くなりかけてきた頃、ようやくぬいぐるみは電車に乗って、新宿に戻っていった。私はまた、向かいのファーストフードで見張ることになる。今朝とほとんど変わらない食事だったが、まあ仕事の時はたいていこんなものだ。我慢しなくては。

ぬいぐるみの方は、またパソコンに向かったり、何か書き物をしたりしていた。残業でもするのかな、と思ったが、七時半くらいに席を立ち、他に残っている社員に手を振って（手の先しか見えなかったが）、会社を出た。

あとは朝を逆にたどる。途中本屋に寄って、雑誌を立ち読み（なのか、あれは？）し、文庫本を一冊買ってから、地下鉄に乗った。尾行終了の駅に着いたのが八時半。帰宅をするのは九時頃になるだろう。

バスに乗り込んだぬいぐるみを見送って、私はようやく肩の力を抜いた。どっと疲れが襲ってくる。

まあ、普通のサラリーマンとしては、それほど不思議でない生活だ。普通のサラリーマンならば、だが。

報告書のことを考えると突然気が重くなった。どういった視点で書けばいいのか。ターゲットを人間としてか、あるいは正確にぬいぐるみとしてなのか。

「克明に」と言われているのだ、依頼人に。

報告書の難易度でいえば、簡単であると言えよう。相手が人間であるならば。

しかし、対象はぬいぐるみなのだ。それを言及して書いてくれと依頼者は言っただろうか？

……忘れてしまった。

電話しようかしら。

「どうやって報告書を書けばいいんですか？」

そんな、小学生のようなこと……恥ずかしくて訊けるわけないではないか。いや、本意は違うとしても、質問の形態としてはそうしか言えない。

工夫をしてみようか……。

私は、携帯を握りしめたまま、ぼーっと考えていたが、何も浮かばない。こんなに想像力がなかったか。どう考えても、

「どうやって報告書を書けばいいんですか？」

としかならないのだ。

私は大人だ。そんなことは絶対に訊けない。

ということは、一人で悩まなくてはならないということだ。私は観念して、家に帰った。

3

とにかく、普段のとおりに書こうとすると何度も蹴《け》つまずきそうなので、あまり形式にこだわらないことにした。

そう結論を出したにもかかわらず、私はパソコンの前に座って、しばらくうんうんうなっていた。

なぜか対象がぬいぐるみであるということから離れようとすると、書けなくなる。どうしたことだ。

とりあえず、自分の気持ちを正直に書くことから始めてみよう。私は、パソコンのキーボードを叩《たた》いた。

ぬいぐるみが、電車乗って会社行って、飯食ってた。

——あまりに正直すぎて、涙が出そうになる。

ぬいぐるみは、かわいい。

思わずキーボードに突っ伏してしまう。いったい夜中に何を書いているんだろう。何度も言うが、行動から考えれば、ごく普通のサラリーマンなのである。今日は寄り道はしなかったようだが、たまにしたりもするんだろう。職場の人間と仲が良さそうだったし。酒は飲めるのだろうか。ビールが好きか、日本酒か、あるいは下戸《げこ》か。ワイン通だったら腹が立つ。いや、ぬいぐるみじゃなくても腹立たしいけれども。

私は、仕事が終わるまで、と我慢していたビールを飲み始めた。アルコールが入ると報告書の類《たぐい》はめちゃめちゃになるので、いつもは飲まないようにしているのだ。しかし今夜は、アルコールの力でも借りないとこの報告書は書けないような気がする。

そう言いながらできあがったものは、面白くも何ともない報告書だった。一読してこれが、実はぬいぐるみのことである、と気づく人はそういまい。そんなこと普通は考えないという方が当たっているのだが。

飲まないでちゃんと書いていたらどうなったのだろうか、とちょっとぞっとする。とても気持ちの悪いものができあがっていたかもしれない。

とにかく、報告書は寝る前に送信した。メールは楽だ。

しかし、あれを読んで依頼人はどう思うのか――果たして返事をくれるものか。

とにかく明日からは、あのうろたえは微塵《みじん》もなくなることだろう。電車の中で疑われる心配もなさそうである。ようやくベテランの味が出せるというものだ。

4

——ところが、これがまたあてがはずれる。

何日たっても——正確には四日なのだが——彼の行動パターンは変わらないのだ。朝、決まったバスで駅にやってきて、同じ時間の地下鉄に乗り、新宿の会社に行く。内勤の時もあれば外回りの時もあるが、一日仕事をしてせいぜい十時くらいまでには家に戻る。これのくり返しだ。変わったことなんて、全然ない。一つだけ、風にあおられて植え込みに飛び込んだ時にはびっくりしたが。たまたまリュックを背負ってなかったのだ。

五日目になって、ようやく変化が表れた。金曜日である。

帰りがけに異変が起こった——というほどのものではなく、どうも飲みに行くようなのだ。

私は俄然《がぜん》はりきった。ぬいぐるみを見守っている自分に疑問を持ち始めていたところである。次はちゃんとした人間を見張りたい。けれど、あのぬいぐるみはそこらの出来損ないの人間と比べたら、ずっと上出来なのだ。ぬいぐるみであるということより、あまりに真面目《まじめ》なので飽きたというのが正直なところかもしれない。

酒を飲んだら、やっぱりはめをはずすのかしら、と内心わくわくしながらついて行く。六人ほどで駅前の居酒屋にくり出した。もう何日もはりついているので、本当は危ないのだが、自分も彼らに背を向けて座る。物足りない量ながらも、ビールとつまみを頼んだ。六人は陽気に盛り上がっている。まずはビールを各々《おのおの》ジョッキで頼んだようだ。当然あのぬいぐるみも。

支えきれるとは到底思えない大ジョッキが運ばれてきたが、誰も動じることなく、彼はあの例の手つきでジョッキを持ち上げ、乾杯をした。そして、ぐびぐびと飲み干していく。腹が濡れないだろうか。やっぱり手品としか思えないのだが。

集まった六人は、みんな酒豪らしい。ビールは早々に切り上げ、今度は日本酒だ。升《ます》でぐいぐいいく。気持ちいいほどの飲みっぷりである。

こっちが中ジョッキを悲しい気持ちでちびちびやっているかと思うと、ちょっと腹が立つが。

しこたま飲んだのち、今度はカラオケボックスである。

今度は一緒に入るわけにもいかず、出口で見張ることとなった。

何を歌っているんだろうか……。童謡を歌っているところしか想像できない。案外ヘビメタ系とか好きだったりして。アニメソングも捨てがたい。演歌かな。でも、他のメンバーは比較的若い。女の子もいる。それを考えると、演歌はあまりにもおやじだ。だいたいいくつなんだろうか、あのぬいぐるみ。

何となく自分と同世代かなーという気もしないでもないが、根拠はない。そういえば、カラオケなんか久しく行ってない。淋《さび》しい毎日なような気がしてきた。冬じゃなくてよかったなあ。じめじめした汗をかいていることが苦にならなくなってきた。

二時間ほどして、六人はカラオケボックスから出てきた。中でまた飲んだのだろう、みんな酔っぱらいであった。

まだ行くか、と思いきや、皆あっさりと挨拶《あいさつ》を交わし、三々五々散っていった。ほとんどがJR新宿駅方面に行ってしまう。西新宿の方に戻るように歩いて行くのは、ぬいぐるみ一人だ。やはり地下鉄で帰るつもりなんだろう。

時刻は午後十一時過ぎ。飲み会としては、まあ普通である。普通——またこれが出てきた。普通って何だろう、とつい考えてしまう。

薄暗い西新宿のビルの谷間を尾行しながら、依頼人のことを考える。あれから報告書を毎日送っている。毎日ほぼ同じ内容である。コピー&ペーストで書ける。何だか申し訳ないくらい簡単な報告書なのである。

しかし依頼者からの文句はない。というより、火曜日の夜に連絡をもらっただけで、それも、

「こんな感じの報告書でいいです。しばらくお願いします」

というようなことを手短に話しただけだ。

毎日読んではいるらしい。いったい何が満足なんだ？

普通はこの逆さを考えるものだろうに、何だか変である。

いったい彼の何を知りたがっているのか……もしかしてこれは、ものすごい陰謀が裏に隠れているのではなかろうか?!

そう無理に思おうとしても、どうしてもダメなのはなぜなんだ。

後ろ姿を見ていると、どうしてもそういう気にはなれない。危なっかしい足どりで歩いている姿は、とても敏腕諜報《ちょうほう》部員とか、国際組織の工作員には見えるはずもない。パソコンをかついでいるおたつきでもなく、どう考えてもただの千鳥足だ。相当飲んでいるのだろうか。しぼるとぼたぼた垂《た》れたりして。

その時、気づいた。彼に近づく何かの影を。

飲食店の裏口に並ぶポリバケツの間から、何かが彼を見つめている。

何のことはない、猫だ。最近野良犬はほとんど見かけないので、こういう場合は猫と相場は決まっている。それか、とてつもなくでかいねずみか。こういう通りでは珍しくない。

猫がポリバケツの間から通りに出てきた。大きい。暗かったからわからなかったが、前方を歩いているぬいぐるみよりも、ひと回りはでかい三毛猫《みけねこ》だった。

ぬいぐるみがいなかったら、近くに寄って頭でも撫《な》でてやるものを。撫でさせてくれたら、だが。野良猫か飼い猫か、どちらだろうか。栄養がいいみたいだから、飼われているのかもしれない。

などと考えていたら、突然ぬいぐるみの姿が視界から消えた。

「えっ⁈」

思わず声が出た。少しぼんやりはしていたけれども、かなりすばやい動きであっても見逃さない自信はある。それがなぜ⁈

視線をさまよわせたあげくにとらえたものは、何かをくわえた猫の後ろ姿であった。

——言葉もない。

ずるずるひきずられているのは、まぎれもなくぬいぐるみだ。耳をくわえられて、哀《あわ》れぐるぐる回りながら連れていかれようとしている。

私はすぐに追いかけた。途中、彼がいつも背負っている黄色いリュックを拾う。肩紐《かたひも》が切れていた。あまり重くはないから、やっぱりパソコンは入ってなかったのだ。

猫は、私が追いかけてくることに気づいたようで、全速力で走り出す。そして、猫にしては大きいものをくわえているとは思えない跳躍を見せ、トタンでふさがれたビルのすきまにすばやく入り込んだ。

奥が真っ暗で見えない。トタンの覆《おお》いは、私の首くらいまである。太い針金が無造作ながら頑丈《がんじょう》に巻かれており、素手ではずすのは大変そうだ。トタンだから、上に登るのも心許《こころもと》ない。

しかし、彼はここに連れ込まれてしまっている。もう猫はとうにここから抜けて、別のところを悠々歩いているのかもしれないが、それはかまわない。追いかけないと。私の仕事は尾行なのだ。

私は、トタン板を力まかせにひっぺがそうとした。ものすごい音が、あたりに響く。あわてて周囲を見回すが、誰も出てくる気配はない。私は再びひっぱった。ぺらぺらのトタンは頑固に固定され、なかなかはずれそうになかったので、とにかく曲げてしまうことにした。上部の左角をむりやり曲げ、そこに足をかける。そのまま勢いづけて、ビルのすきまに飛び込んだ。

つん、と小便の臭気《しゅうき》が鼻につく。湿気と熱気に澱《よど》みきった臭《にお》いが充満している真っ暗な路地からは、進化した怪物でも出てきそうだったが、飛び出したのは猫だけだった。先ほどの猫かどうかはわからない。暗くてよく見えなかったのだ。

私はジャケットからペンライトを取り出し、中を照らしてみた。予想どおりの惨状だ。死体が転がっていてもおかしくないが、とりあえず「汚い」としか言いようのない場所だった。

どうしよう。声をかけてみようか。

私は少しだけ迷ったが、結局はおそるおそる、

「誰かいますか？」

と声をかけてみた。

ペンライトの頼りない灯《あか》りで細かく照らしてみるが、ぬいぐるみらしきものは見当たらない。

ぐちゃぐちゃと嫌な音を立てる足元に気を取られながら、さらに奥まで進む。すると、入口よりもせばまってはいるけれども、奥は行き止まりであることがわかった。突き当たりの壁の前には、ビールのケースや木の箱、ダンボールやら様々なゴミが山のように積まれている。

一応壁の間にはすきまがあるのだが、猫であっても通れるかどうかぐらい狭い。さっきの猫が、やっぱりくわえて出ていってしまったのだろうか。

ため息をついて出ていこうとした時、かすかなうめき声が聞こえたような気がした。

うめき声というか……いびき？

私は、ゴミの山を注意深くペンライトで照らしてみた。すると、その中のビールケースの底の方に——突っ込まれてひしゃげているぬいぐるみを見つけたのだ。

彼は、そこで眠っていた。ビーズ目はそのままだったが、気持ち良さそうな寝息を立てていたのだ。耳には猫が噛《か》んだあとがついている。

私は、ビールケースの中から彼をひっぱり出した。彼がはまっていた場所には、ねずみの死骸《しがい》や鶏の骨などの他に、指輪やブレスレット、ネクタイや子供の靴などが入っていた。

ここはもしかして、さっきの猫の宝物置き場か？　犬みたいな猫である。

何か猫の好きそうな匂《にお》いを、ぬいぐるみが出していたんだろうか——と思って嗅《か》いでみたが、生ゴミの臭いしかしなかった。鼻が曲がるほどだ。

私は急いで引き返した。トタン板をまた踏みつけ、元の道に出る。

ぬいぐるみは、ぐったりと私の腕にぶら下がったままだ。どうしよう。起こそうか。起こさないことには、私の仕事は終わらない。このまま道に置いておいても、目をさましそうにないし。

しかし、こっちの顔が知られるのはまずい。どうしたものか……。

あたりに人影はない。私は、彼を道端にそおっと置いた。そのままさっき猫が潜《ひそ》んでいたポリバケツの陰に隠れる。

「おいっ」

そこから声をかけてみた。

「おい、起きろっ」

反応なし。ぬいぐるみは、道路に大の字になって寝ている。ここまでいびきが聞こえるくらいだ。

「起きないと、車に轢《ひ》かれるぞっ」

実際このまま置いておくと、たまには車も通るので危ないのだが。

しかし、何の効果もない。

「お客さん、終点ですよっ」

寝返りも打たん。

「あなたっ、いつまで寝ているのっ？」

声色《こわいろ》を使ってまで起こそうとしたが、全然ダメなので、あきらめた。

「起きてください、風邪ひきますよ」

私は、彼の身体を揺すってそう声をかけた。ちょっと汚れてごわごわしていたが、手触《てざわ》りはとてもいい。柔らかくてなつかしい感触だ。

「……ん？」

ぬいぐるみは変なうなり声をあげて、頭を上げた。目を開けたかどうかはよくわからないが、起きたらしい。

「あ、すみません」

呂律《ろれつ》の回らない口調で、彼は言う。

「大丈夫ですか？」

「あ、大丈夫です……」

「歩けます？」

「はいはい、平気です、全然平気」

そう言いながらも、背中にリュックがないことにまったく気がついてない。手ぶらでふらふら歩いていってしまう。

「あの、落ちてましたけど」

紐の切れたリュックを差し出すと、

「おお、ありがとうございますぅ」

と言って背負おうとするが、また落ちてしまう。それにも気づかない。

仕方なく、私はそれを持ってあとに続いた。

何とか地下鉄の駅にたどりついたが、階段を降りようとした瞬間、また彼の姿が消えてしまった。

何とカラスがっ、カラスが連れていってしまったのだ！

今度はちゃんと見た、すくい上げる瞬間を。見たからと言って、どうしようもないのだが。私は空を飛べないし。

そんなことを考えている間に、カラスはどんどん空高く舞い上がってしまう。カラスなんて、あんまり夜中に見たことないぞっ、何でいるんだ、トリ目じゃないのか?!

一応走って追いかけてみたが、所詮《しょせん》翼《つばさ》のない人間の追跡には限界がある。あえなくぬいぐるみの姿は見えなくなった。

……どうしよう。

まるでおとぎ話のようだった。一瞬、すべてそういうことにして、帰ろうかと思ったが、それはあまりにかわいそうだ。

かと言ってどうしたものか……。

しばらく考えても何も浮かばなかった私は、結局依頼人に電話をかけることにした。いくら何でも、ターゲットがカラスに連れていかれるとあらかじめわかっていれば、こっちだって対処のしようがあったけれども（方法はわからない）――これはどう見ても不慮《ふりょ》の事故である。とっとと依頼人に電話をかけてもよかったのだが、私も動転してうっかりしていたのだ。

依頼人は、すぐに電話に出た。

「あのですね、カラスに連れてかれてしまったんですよ」

私がそう言うと、しばらく沈黙が流れた。

「あの、カラスがですね、こう、耳をくわえてさーっと――」

「はいはいっ、わかります」

あわてて声が返ってきた。ショックを受けただろうか。

「どうします？」

「今から行きます！　そこ、どこですか?!」

彼女は私から場所を聞き出すと、挨拶もせずに電話を切った。

私は地下鉄の入口でぼーっと突っ立ったまま、彼女を待った。終電が行ってしまったのか、入口にはシャッターが閉まっている。ということは、時間的に電車で来るというのは無理だから……。

一台の車がすごいスピードで向こうからやってくる。地下鉄入口のところにいる私の前に横付けをすると、中から女性が現れた。

「すみません、お待たせしました！」

あわてているのか、確認もしない。まあこんなところで立ち尽くしているのは私しかいないのだから、わかって当然なのだが。

「どっちに行ったんですか？」

さっそく、そうたずねる。

「あっちです」

そう言って空を指す。ＵＦＯに関してインタビューをされている気分である。

彼女は、私が指さした方向をじっと見つめている。そんなに見つめても帰ってくるわけではないと思うのだが。

それより、私は驚いていた。彼女が美しかったからだ。すっぴんで、何ということもない服を着ているのだが、実に清潔で、凜《りん》とした印象のある女性だった。年齢は、二十代の後半というところか。

「どうしましょう、ここに車置いておいてもいいですか？」

いや、私に訊かないでくれ。警官じゃないんだから。

「平気じゃないですか、しばらくの間なら」

「そうですか」

そう言った瞬間、彼女は猛ダッシュで走り出した。私が指さした方向へ飛び立ったかと思うほど。

私もあわててあとを追いかける。だからっ、下をそんなに必死に走っても見つかるわけないって！

彼女は、西新宿のビル街を全速力で駆け抜けていく。後ろから見ても、そのフォームのよさに驚くほどだ。陸上の選手でもしていたのだろうか。私の方はというと、彼女を見失わないように走るのが精一杯だ。

しばらくそこらを走り回ったのち、彼女はようやく止まった。

「あらっ」

後ろからへとへとになってついてきた私の姿を見て、彼女は驚きの声をあげる。

「すみません、お帰りになっていただいていいですよ」

「そんな……女性を一人で……こんなところに……」

ぜえぜえ言いながらそれだけ答える。

「いないですねえ……」

きょろきょろとあたりを見回す。カラスだから、そんなに遠くには行けないと思う。暗いし。けれど、見つけるにはそれなりに手がかりがないことには……。

「ああ、どうしましょう」

彼女は頭を抱えて歩道に座り込んだ。

「あの……どういうことなんです？」

さっきからどうたずねようかと考えていたのだが、どうしてもうまい言い方が見つからない。いったい何が起こったのか……やっぱり彼は、某国の諜報部員だったのか?!

そんな奴が、カラスに連れ去られることはなさそうだが。

「たまに……無断外泊をするから……それで調べてもらってたんです……」

……何だ、やっぱりただの浮気調査じゃないか――って浮気?!

「あの、あなたはあの……人とどういうご関係なんですか？」

「妻です」

あっさりと言う。妻。

くらっとめまいが襲ってきた。

「あの……さっき猫にも連れていかれましたけど……」

「ああ、カラスだけじゃなくて、猫……じゃあ、犬にも連れていかれる可能性があるってことですよね？」

「は、はあ」

「彼は、飲んでたんですか？」

「はあ、だいぶ」

彼女は道路を、叩き割るかと思うくらいの勢いで殴った。平手で。美しいが、手はでかい。

「記憶が飛ぶから、お酒控えるようにって、あれほど言ったのに……！」

「無断外泊って……今まで何度かあったんですか？」

「ええ、生ゴミとか獣《けもの》の臭いをさせて。何してたのかって訊いても、『憶《おぼ》えてない』って」

ということは、カラスも猫も、今回が初めてではなさそうだ。あの正体なく寝こけていたことを思えば、常習であることは充分考えられる。

何だ、ただの酔っぱらいのおやじじゃないか。

私は、膝《ひざ》の力がへなへな抜けそうになった。

電話が鳴る。彼女の携帯電話だ。

「もしもし！」

彼女がケータイにかじりつく。本当に食べたかと思った。

「えっ、警察?!」

彼女はしばらく黙って携帯を握りしめていた。

「はいっ、すみません、ご迷惑おかけしました！」

またしばらく間があいて、

「何してるの?!　何?!――何言ってるのかわかんないわよ。とにかく待ってなさい、前で立ってなさい！」

ぴっ、と電話を切ると、

「ありがとうございました、見つかりました」

深々とお辞儀をした。

「……どこにいたんですか？」

「すぐそこの――警察のビルの屋上で寝てたんですって。前で待ってるように言いました」

そんなに離れてはいないが、屋上ではわかるまい。でも、警察じゃなかったらこうして連絡はくれなかったかもしれない。

「すみません、ほんとにありがとうございました。多分今までの外泊も、こんなようなことだったんだと思います」

そうと結論を出すのもせっかちだが、まあ少なくとも浮気ではなさそうだから、彼女はそれで満足したようだった。最初から浮気なんて、考えていなかったのかもしれないが。

私は頭をかきながら、

「よかったですね」

とか、もごもご言った。

「あ、これ」

持っていたリュックも差し出す。彼女はにっこりと笑みを返してくれた。素晴らしい。

「これから迎えに行くんで、失礼します。もう尾行は中止してください」

「経費、だいぶ余ってますけど――」

「返していただかなくてけっこうですよ。本当に感謝してますから」

何だか複雑な気分だった。彼女はもう一度深く頭を下げると、また全速力で深夜のビル街に消えていった。

私は、一人ぽつねんと残される。

ビル風が私を背後から追い立てようとしていた。星のない空から、ぽつぽつ、と雨が降ってくる。

何だか妙な孤独感に苛《さいな》まれながら、私は立ち尽くしていた。雰囲気はばっちりだ。真夏なので蒸し暑いのにむかつくけれども、背に腹は代えられない。

私は、駅の方へ歩き出しながら、固く決意をしていた。

自分はこんな依頼を受けなかった、と思うのだ。そうでなかったら、明日からとてもつまらない。

この数日は、なかったことにしよう。

それから、どうしてぬいぐるみの細君《さいくん》があんな美人で、俺が独り者なのかなんて、絶対に考えないようにしよう。強そうな奥さんに怒られて、殴られでもしたら彼がかわいそうなどとも思わない。

だいたいぬいぐるみが会社行ったり飯を食ったり、酒を飲んだりするなんて、おかしいじゃないか？　ポケットに入ってる写真なんか、もう絶対見ない。死んでも見ないぞ。

今すぐ捨てようかと思ったが、それはやめる。

雨が本降りになってきた。私は走り出す。

彼は、パンヤが水を吸う前に、拾ってもらえただろうか。

殺《や》られ屋

1

今朝も最悪な気分で、三倉《みくら》は目覚めた。

ひどい頭痛がする。胃がむかむかして、食欲のかけらもない。

明らかに二日酔いだ。昨日、どれだけ飲んだのだろう。記憶をたどろうにも、不快感が先に立つ。

ここ数年、ずっとこんな朝を迎えているような気がする。学生の頃もそうだったが、会社に勤め始めてからは特にひどくなった。

やめようと思っていながら、身体《からだ》は酒を求める。飲んでも、何も改善されないどころか、さらに悪い状況が上乗せされるだけだとわかっているのに――。

これでは、酒代を稼ぐために働いているみたいだ。日々確実に澱《おり》がたまっていくのがわかる。あふれ出しそうになっていることも。

何がそんなに酒に駆り立てるのか――自分に問うてもわからない。わからないから恐れている。いったいこの重苦しく絶え間ない思いは、どこから生まれてくるのだ。この思いが先だったのか、それとも酒がきっかけか――。

とにかく、会社へ行こう。平気なふりをするために――。まぎれてしまえば、誰も気にしない。自分のことなんて。

三倉は、気力で身体をベッドからひきはがし、着替えてアパートを出た。

電車を待つ長い列の最後に、三倉も並んだ。

自分のすぐ前に立っている女の長い髪が、風にあおられて彼の顔にかかった。濃厚な香水の匂《にお》いが鼻につく。思わずくしゃみが出た。

女が振り向き、三倉をにらむ。

『酒臭《くさ》い息を、あたしにかけないで』

と言っているような視線だ。

風は強く、束ねていない髪は何度も三倉の顔を叩《たた》く。手で払うと女が振り向き、またにらんだ。

周りの人も、彼女の髪をうっとうしいと感じているようだった。彼らの声が聞こえてくる。

『だらしない髪。こんなのはさみ持ってたら今すぐ切ってやるのに』

『人のことなんか一つも考えず、自分だけ気分がよければいいんだ。自意識過剰だ』

『列からひきずり出して、階段から突き落としてやりたい』

『こんな女、電車に轢《ひ》かれちゃえばいいんだ』

『そうだ、轢かれればいいんだ』

『轢かれろ』

『ホームに落ちろ』

『落ちて、その顔をつぶされてしまえ』

『つぶせ』

『轢かれろ』

『つぶせ』

三倉は、女の肩をつかんだ。

びくっと身体を震わせて、女が振り向いた。一瞬だけ、恐怖の表情が浮かぶ。

そして彼は、ぽん、と彼女を線路へと押し出した。

その時、電車のドアが開く。彼は、少しだけ遅すぎたのだ。

女は「きゃっ」と悲鳴をあげて後ろ向きに転びそうになったが、前後の人間にはさまれて、電車の中に運び込まれていった。化け物でも見るような目がこっちを向いていたが、人の波の中にすぐ消えた。

隣の車両から電車に乗り込んだ三倉は、自分の息づかいが異様に荒く、汗びっしょりであることに気がついた。いったい何をしたんだろう。つけが、ついに回ってきたってわけか？

電車が来ていたからよかった、という問題ではなかった。彼に躊躇《ちゅうちょ》などなかったのだ。まるであやつられたように女を押した。

躊躇をしなかったということは、いつでもあんなことができるってことか？　そして、タイミングさえ合えば、あの女だってあの声のとおりにつぶされて息絶えたろう。それに、あの状況だって、一歩間違えば人に踏まれたりして、最悪死ぬこともありえる。

恐ろしい。

何より、その恐ろしさを悟ったことに安心感がつきまとうのが。

そうか。俺は、本当に人を殺したいと思っているんだ。

そう思うことで、ふうっと身体の力が抜けていく。砦《とりで》が崩壊したように。堰《せき》が切れたように。

がたがたと震え続ける三倉を乗せて、電車は走った。

昼休み、食欲もなくぼんやり自席に座っていると、机の上の電話が鳴った。

きっと仕事の電話だ。そう思って出られるなら、まだ大丈夫かもしれない。きしむ身体をむりやり動かして、三倉は電話に出た。

「もしもし。三倉さんですか？」

明るく元気な声が聞こえた。営業という仕事柄、相手の声はよく記憶している。けれど、この声には聞き憶《おぼ》えがない。

「私、昨日お電話いただいた山崎です」

「昨日？」

「ええ、夜。ありがとうございました」

夜……ということは、飲んだ帰りだ。酔って電話をしたのなら、記憶がないのは無理もない。でも、何の用事で？

「今、ビルの一階にある喫茶店におりますが、どうなさいます？」

「え？　あー、えーと……」

憶えていないとは言いにくい。しかもここに来ているとは。

「えーと、あの、どういう用件で……」

「ご依頼の件です。電話ではちょっと説明しづらいんで――お忙しいのなら、出直してきますけど」

「あ、いや、そんなことは……」

何を依頼したんだろう。まったく憶えがない。酒を飲むと記憶が飛ぶのだ。

「じゃあ、お待ちしてます。私、一番奥の窓際《まどぎわ》の席におりますので」

喫茶店はとても混んでいた。

昼時だから無理もない。奥に行くのでさえも時間がかかる。

知り合いがいないかどうか、つい確認をしてしまう。何だかいやな予感がするのだ。まずいことを依頼してしまったような気がしてならない。

声の調子からは、いかにも明るく愛想のいい男に思えたが、実際は全然違う——例えば悪魔のような奴かもしれない。得体《えたい》の知れない依頼を受けるような奴は、そんなものだと相場は決まっている。依頼をしたのは自分だが。

店内には、そんな悪魔的な奴がいる雰囲気《ふんいき》はない。ごく普通の昼食時の風景だ。違っていることなど、一つもない。一つも——。

三倉は、指定された席を凝視《ぎょうし》したまま、凍りついた。

そこに座っていた者は、ホットサンドを食べていた。傍《かたわ》らには、コーヒーカップ。日射《ひざ》しを浴びている姿は、なかなか上機嫌に見える。

悪魔的であるはずがない。どちらかと言えば、天使のようだった。翼《つばさ》は見えなかったが、あってもおかしくはない。

小さなぶたのぬいぐるみは、おいしそうな顔をしてホットサンドをまた頰張《ほおば》った。

三倉が、よろけながら近寄ると、ピンク色のぬいぐるみは皿から顔を上げた。

なぜ彼だとわかったのだろう。ぬいぐるみは、彼の方に手——前足を挙げたのだ。

三倉が近寄ると、ぬいぐるみは椅子《いす》から降りて、ぺこっとお辞儀をした。

「はじめまして。山崎と申します」

さっき聞いた声だった。

一瞬、酒のために幻覚を見るようになったか、と思ったが、徐々に昨夜の記憶も戻り始めていた。

そうだ、確かに自分から電話をかけた。気持ちが悪くなってタクシーを降りて、電柱に寄りかかって吐いていた時——貼《は》ってあったのだ、それは。

＊　＊

〝殺したいほど憎んでいる人がいる方、お電話ください　殺られ屋　山崎〟

何だろう、これ。

三倉は、しばらくその貼り紙を見つめていた。というより、気分が落ち着くまで、その目の高さから動けなかった、というのが本当だ。だいぶ低いところに貼ってある。

『殺したい奴だったら、いっぱいいるぞ』

すぐそばにあった電話ボックスに、ふらつきながら飛び込み、その番号にかけてみた。時間が何時だかも気にせず。

しかし、出た声は夜中にもかかわらず元気だった。

「あのー、電柱に貼ってあった紙を見て電話してるんですけど――」

「あ、はいはい、〝殺られ屋〟のですね。ありがとうございます」

何だかとても明るい。本当に〝殺られ屋〟か？

「殺したいほど憎んでいる人がいるんですか？」

「……て言うか、始終人を殺したくなっちゃうんだ」

会社に勤め始めてから、特にひどくなった。昔から「ぶっ殺す」だの「殺してやる」だの、過激な言葉を吐きまくっていたが、子供の虚勢《きょせい》に過ぎなかったのか、一度も実行したことはない。いや、実行したらこんなところでのんきに電話などかけていられないけれども。

ただ最近は、思うだけではなく、気がつくと実行しそうになっているのが気にかかっていた。ホームや歩道に立っている人を突き飛ばしたくなる、いやな上司を思いきり殴りつけたくなる、態度のむかつく女をめちゃめちゃに犯《おか》したくなる――。

「あれ、これって……殺したいほど憎んでいるっていうのとは、ちょっと違う……」

自分の状況を説明していて、気がついた。

やはり酔っているのだ。これではただの愚痴《ぐち》じゃないか。

「いや、いいですよ。そういう依頼は初めてですけど、できると思います」

「……そうですか」

何ができるのか、三倉にはまだ理解できていない。

「明日、打ち合わせをしましょう。ご自宅がいいですか、それとも勤め先に?」

「ええと……じゃあ、会社に」

「わかりました。連絡先を教えてください」

三倉は、直通の電話番号を教えた。

「お昼休みにうかがいます」

電話は切れた。

*

*

そして、このぬいぐるみがやってきたというわけだ。

何というタイミングのよさだろう。自分ではもう、限界だというのがわかっていたのだろうか。今朝の、一歩間違えればという状況を、まさに恐れていたのだから。

それにしても〝殺られ屋〟――これほどその名前が似合わない者もいないだろう。その物騒《ぶっそう》な響きと、ぽけーっとした黒ビーズの目がそぐわないことこの上ない。

しかも、下の名前はぶたぶたと言うらしい。

「呼びやすい方でどうぞ。山崎でも、ぶたぶたでも」

にこにこして――いや、見えて、そう言う。

「お昼、先にいただいてました。おいしいですね、ここのホットサンド」

「ええ、けっこう有名です」

何を答えているのだ。こんな世間話をぬいぐるみとしているなんて……会社の人間に見られたらどうしよう。

「あなたは食べないんですか？」

「あ、僕はもう……食べましたから」

嘘《うそ》をつく。食欲はもう、とうに底を突いた。立ち上がるに立ち上がれない。その気力さえない。最後にまともな食事をしたのはいつだろう。二日酔いの朦朧《もうろう》とした頭の中を、ぶたぶたの言葉が駆け抜ける。

「一応ご説明しますとですね、〝殺られ屋〟っていうのは、殺し屋とは違うんですよ」

そんな……郵便貯金と銀行預金の違いを説明するみたいに言わないでくれ。

「いくらなんでも、そんな大胆なこと、僕はできませんから。〝殺られ屋〟っていうのは便宜《べんぎ》上つけただけです。他の名前が浮かばなかったんで、ちょっと誤解されやすいものになっちゃったんですけどね」

「はあ……」

頼んだアイスコーヒーを一気にすすった。

「つまり、あなたの立場から説明すると、僕は、あなたが誰かを殺したいと思った時、殺される役になることなんです」

どう返事をしたらいいのかわからない。何だかとてつもなくとんでもないことを言っているようだった。あたりを見回したが、誰も気に留めていない。せめてもの救いだ。

「……僕はでも、昨日説明したとおり、誰かって決まってるわけじゃないんですよ」

ガムシロップまみれの声が出た。歯切れがすこぶる悪い。

ぶたぶたは、ホットサンドの最後の一かけらをコーヒーで飲み下してから、答えた。

「そうですね。そういうのは初めてです。今までは、特定の対象がいて、僕はそのかわりってことでした。僕は刺されても、首を絞められても、轢かれても大丈夫ですから。燃やすのだけはちょっと弱いんで、お断りしてるんですけど」

ははは、と笑って、コーヒーをすする。

つられて笑ってしまったが、どう考えても笑いごとではない。

「だから、一回きりで終わるんです。だもんで今回、料金の方をどうしようかと思ってるんですが」

「あの……その、一回につきいくらなんですか？」

ぶたぶたは、すらすらと方法による金額を述べた。

「プラス実費です」

「実費？」

「交通費とか、修繕費ですね。糸とか針とか」

冗談かと思ったが、いたって真面目《まじめ》な顔をしている。

「つまり……僕が人を殺しそうになったら、止めてくれるっていうのと同じですよね？」

「そういうことになりますね」

「本当に止めてくれるんですか？」

「ええ」

そんな安請け合いしていいのだろうか、と不安になる。

しかし、三倉は怖かった。恐れていたことが現実化したばかりなのだ。しかもほんの数時間前に。歯止めがきかなくなる可能性は、充分考えられる。何がきっかけになるかわからない。今日は大丈夫でも、明日は、明後日《あさって》はどうなるか……。

頼むだけで、気分が落ち着くかもしれない。いざとなったら止めてくれる、というのが、ブレーキになることだってありうる。暴走することだってありうるけれども、自分自身は避けたいと願っているのだ。良い方に転ぶと考えたい。

無理な金額ではないのだから、やる前に後悔をしても仕方がないではないか。

「じゃあ、あの……お願いできますか？」

言ってしまってから、背中が突然汗を流し始めた。自分が殺人者であると告白をしたようだった。

ぶたぶたは、離れて見ている、と言っていた。ぴったりくっついていることはないと言う。

「探偵に尾行されているようなもんだと思ってください」

経験があるのだろうか。後ろを振り向いても、どこにいるのかわからない。しかし、人間の視線の高さで見ていては見つからないのも当然だ。無理に探そうとは思わないけれど。

午後は何ごともなく過ぎた。今日は底意地の悪い上司が出張しているのだ。彼がいなければ、会社自体も平穏である。

問題は、今――帰りのラッシュや人混み、喧噪《けんそう》――そのすべてが、三倉の気分を逆撫《さかな》でする。

もう一度、振り向いてみる。本当についてきているのだろうか。そのこと自体、不安になる。胸の動悸《どうき》が激しくなる。汗が出てくる。鼻息が荒いのが、自分でもわかった。

落ち着け。落ち着かなければ。どこでもいいから酒の飲めるところに入ろう。そうすれば、きっと落ち着く――。

が、体調の悪さも手伝って、ふらりとよろける。その時、少し前を歩いていた若い男に、肩がわずかに触《ふ》れた。

男は振り向きざま、三倉のすねに蹴《け》りを入れた。頭の芯《しん》がしびれるような痛みが貫《つらぬ》く。

男は薄笑いを浮かべ、路上に唾《つば》を吐いた。

「まっすぐ歩けねえのかよ」

そう言って、しまりなくまた歩き出す。

『歩けないのはそっちだ、バカ』

今朝と同じように、聞こえてきた。

『唾吐くな、汚いってわからないのか』

ふらふらと男の背中を追った。薄汚れたジーンズと、切りそろえられた中途半端な長さの毛先が見える。ふわふわと煙草の灰が飛んできた。

『煙草の灰をまき散らさないで！』

『周りに誰もいないみたいな態度が気に食わないんだよ』

『お前なんかいなくなっても、世間は動いていくんだ』

『そうだ、消えろ。消えてしまえ』

白いジャンパーの妙なロゴに、もうすぐ手が届く。目の前には、大きな交差点。信号は赤だ。

『殺せ。そんな虫けらみたいな奴』

『殺せ』

『殺せ』

白いジャンパーに手をかけた、と思った瞬間、視界にピンク色の物体が割り込んだ。

「きゃーっ！」

悲鳴が聞こえた。

ぶたぶたがトラックにぶつかって、空高く舞い上がった。本当に飛んでいったのかと思ったくらい。

大した時間ではなかったのだろうが、三倉にとってはだいぶたってから、ぱさっ、と軽い音を立てて、ぶたぶたが足元に落ちてきた。

ぶたぶたの両足と片手は、ほとんどちぎれかけていた。耳も破け、全身が汚れている。首が変な方向に曲がっており、腹からパンヤがはみ出していた。

三倉が拾い上げても、だらんと四肢《しし》を伸ばしたまま、びくともしない。ぬいぐるみなんだから、これが当たり前なのだが、そんなふうにもとても思えなかった。

――ぶたぶたは死んでしまった。

何ということをしたのだろう。取り返しがつかないことをしてしまった。こんなになってしまったら、もう元に戻らない。何度名前を呼んでも応《こた》えないではないか。

恥も外聞《がいぶん》もなく、三倉は涙をこぼした。

路上に座り込み、ぬいぐるみを抱えて泣いている三倉を、人々が怪訝《けげん》な表情で見つめていた。けれど、大半は素知らぬふりをして通り過ぎていく。今、とても大変なことが起こっているというのに――。

ぶたぶたは言っていた。「一回きり」だと。こんなこと、二度とできない。どうしてこんなに出るのか、と思うくらい、涙があふれて止まらない。まるで、子供の頃に戻ってしまったようだった。道端で無惨《むざん》に轢かれて死んでいた子猫を見た時や、大切なものを捨てられてしまった時の悲しみにそっくりだった。しかもそれを、自《みずか》らの浅はかな手で行ってしまったのだ。

ぬいぐるみだから死なないなんて嘘だ。そうじゃなかったら、こんなに悲しいのはなぜなんだ。

「すみません」

誰かが声をかける。けれど、それに返事をする余裕はなかった。

顔を上げることができない。ひどい顔をしているはずだ。

「すみません、あの……」

「あの……リュックを探してもらえませんか？」

いかにも場にそぐわないことを言われて、三倉ははっと顔を上げた。

「リュックの中に、裁縫道具があるもんで――」

声は下からしていた。ぶたぶたの声だ。

ぶたぶたの汚れた鼻先が、もくもく動いていた。

「申し訳ないんですけど」

「生きてたんだね！」

呂律《ろれつ》の回らない子供のような口調で、三倉は叫んだ。

「だから、死なないって言ったでしょう？　早くリュックを探してくださいよ」

三倉はあわてて立ち上がり、そこらを見渡すと——横断歩道の真ん中に小さなリュックが落ちているのを見つけた。

「黄色いのですか？」

「そうです」

青になってから、道路に飛び出し、すばやく拾って向かい側にあったファミリーレストランに入る。

すぐにぶたぶたを椅子に寝かせた。すると、

「裁縫道具を出してください」

と言うので、震える手で針に糸を通し、差し出す。

すると、無事な片手がすいすいと動き、ほつれたところを縫い直し始めた。

その間に、びっくりしているウエイトレスに注文をすませ、水も一杯飲み干した。

頼んだものが来る頃には、ぶたぶたの修繕はほとんど終わっていた。取れそうだった手足をきれいに縫い直し、耳にも応急措置（安全ピン）を施《ほどこ》した。腹のパンヤも詰め直した。首はまだ少しぐらぐらしていたが、それもばんそうこうで何とか固定する。

顔の汚れをおしぼりで拭《ふ》いていると、注文したものがやってくる。

「一回仕事すると、とてもお腹《なか》が空くんですよー」

そう明るく言って、テーブルに並べられたものをたいらげ始めた。すごい食欲だ。二〜三人前はある。

それを見ていた三倉の腹が、ぐう、と鳴る。メニューを持ってきてもらい、ぶたぶたに負けないくらい、注文をした。

しばらく無言で食事を続ける。デザートまで食べ終わった時に初めて、自分が酒のことを思い出さなかったと気がついた。注文もしなかったのだ。

今朝よりも、ずっと——はるかに気分がよくなっている。心の中の恐れに変わりはないが、それから逃げたいと思う気持ちが薄れていた。

何かが取り払われたように思える。

「……痛くなかったんですか？」

ようやくぶたぶたにたずねる勇気が湧《わ》いてきた。

「あ、さっきの仕事ですか？　そうですね。そんな、痛いとかはないですよ。衝撃はあるんですけどね。気は失います」

あっさりとぶたぶたは言う。

「つらく……ないですか？」

「いえ、別につらくはないですけど」

お腹いっぱいになって、満足したような顔をしていた。何だか幸せそうですらある。

「ずっとこの仕事、続けるんですか？」

「そうですね……わからないけど、依頼がある限りは、続けてこうと思います」

そんなぼろぼろになってまで——と言いそうになって、三倉はぐっとこらえた。ぼろぼろにしたのは、自分なのだ。

「どうします？」

ぶたぶたが言う。

「え？」

「今日は終わりですか？　明日は何時くらいから？」

三倉は、再び涙腺《るいせん》がゆるむのを感じた。思い出したのだ。ぶたぶたが空高く舞い上がったのを。

「いえ……もう、いいです。もう、これだけで……いいです」

声がかすれて、うまく言えない。でももう、わかったからいいのだ。

「そうですか。わかりました」

　ぶたぶたは、特に理由も訊《き》かずに、承知した。きっと、いつもこんな具合なんだろう。三倉のようではないにしろ、複数の人間を殺したい、と願ってやってくる人間もいたはずだ。そんな人でも、一度ぶたぶたのあの姿を見れば、もう二度とそんなことを考えなくなるかもしれない。もし将来、再びそんなつらい状況に迷い込んだとしても、ぶたぶたのことを思い出せば、きっと乗り越えられる。

「では、私はこれで――」

　ぶたぶたが、リュックの中から財布を出しているのを見て、三倉はレシートを取り上げた。

「あ、食事代は経費じゃないんで――」

「いいんです」

　もう何も言わないでくれ、涙がこぼれるから。

　三倉は、唇を噛《か》みしめて、レジに向かった。

2

　あのことがあってから、あんな殺伐《さつばつ》とした気持ちになることはなかった。相性が悪かった上司とも、うまくやることができるようになり、社内の評価も高まった。

酒もやめた。あの時の青年が歩き煙草をしていたことか、ぶたぶたが火に弱いということが原因なのか、煙草も吸わなくなった。

一年後には、友人の紹介で知り合った女性と結婚した。子供も生まれ、家も建ち、平凡だが温かい家庭が築けた。

それもこれも、みんなあの時のおかげだ、と三倉は思っている。今でも。心から。

だったら、なぜ自分はここにいるんだろう。

三倉は電信柱のなくなった通りに立ちすくんで、自問していた。時間もあの時と同じくらい——もう深夜だ。

一回きりじゃなかったのか？　それに——あれから何年たった？

二十年だ。

二十年前のことを、もう一度くり返そうというのか？

電話ボックスもなくなっていた。最近は公衆電話が少なくなっている。

電信柱がなければ、あるいは電話ボックスがなければ、あきらめられると思っていた。もう電話番号など、わからないと思っていたのに……携帯電話を目の前にすると、ふいにある番号が浮かぶ。どうしても忘れられなかったのだ。自分のものではないように、指は電話番号を押し続ける。

「もしもし」

その声に、聞き憶えがあるかどうかは判断できなかったが、誰かが出たというそれだけで緊張し、言葉が継げない。

「もしもし……もしもし？　ご依頼ですか？」

ぶたぶたの声は、変わっていないようにも、少し年を取ったようにも聞こえた。自分の年月を重ね合わせたいだけなのかもしれないが。

「もしもし……ぶたぶたさん？　あの……私、三倉です。憶えておいでですか？」

「え？　あっ、はいはい！　憶えてますよ。お元気ですか？」

昨日会ったと言わんばかりの声だった。

「……本当に憶えてるんですか？」

「ええ。食事、おごっていただいて。申し訳なく思ってますよー」

そんなこと、律儀《りちぎ》に憶えてなくていいのに――そう思うと、三倉の顔に笑みが浮かんだ。ひどく悲しい笑みだったけれども。

「ぶたぶたさん――お元気ですか？」

「ええ、元気ですよ。相変わらず傷だらけですけど」

ははは、と明るく笑い飛ばす。二十年もたったなんて、一つも信じられない口調だった。

「ところで、どうしたんですか？」

ぶたぶたの声には、何のわだかまりもなかった。最初に聞いた声とおんなじだ。あの時と、言うことまで同じだなんて……。

三倉は、電話を耳に押し当てたまま、くずおれた。

「どうしたんですか？　三倉さん？　どうしました——？」

三倉は、声も出せずに涙をこらえるしかなかった。

ぶたぶたは、その場所からほど近いファミリーレストランで待っているようにと指定してきた。彼の家の近くなのか、待たされたのはほんの十分ほどだった。

確かに傷だらけだった。耳にはばんそうこうが、腕や腹には縫い目が、足には包帯が巻かれている。

けれど、意外なことにというか予想どおりというか、ぶたぶた自身の印象は、二十年前と比べて、あまり変わっていなかった。そういえば、最初に会った時のぶたぶたには、傷跡なんかなかったのだ。あれが初めての仕事ではないはずなのに、あんなにきれいだったなんて……どうして気がつかなかったのだろう。

「お待たせしちゃって、すみません」

ぜいぜい言いながら、ウエイトレスにコーヒーを注文する。ここのウエイトレスは、驚いたりしない。彼の姿に慣れているんだろう。

「いえ、こちらこそ……ありがとうございます」

湯気がそよともたたないコーヒーを前にして、三倉は言う。

「どうも、お久しぶりです」

席に着くなり、ぶたぶたは言う。

「あ、はあ……。ぶたぶたさんは、お変わりないようで……。お元気そうですね」

「おかげさまで」

「……私、変わったでしょう？　わかりました？」

我が身を振り返って、三倉は言う。

「わかりましたけど……正直に申し上げてよろしいですか？」

「はい」

「すごくやつれられました。初めてお目にかかった時もやせてらしたけど、あの時は若かったし、何だか目だけは……言い方悪いけど、ぎらぎらしてて。若気《わかげ》の至りって感じでしたよ。でも今日は、ひどく疲れていらっしゃる」

そう一気に言うと、ぶたぶたは運ばれてきたコーヒーに口をつけた。鼻の先で湯気を吹き飛ばしながら。

「そうですよね。疲れてますよね……」

三倉はまた、さっきと同じような笑みを浮かべた。ぶたぶたは何も言わない。

「今日お電話したのは、もうわかってらっしゃると思いますけど――」

三倉は続けた。

「あの……まだぶたぶたさんは、〝殺られ屋〟をやってらっしゃるんでしょうか」

「ええ。やってますよ」

実に屈託なかった。ぶたぶたは、本当に変わりないのだ。三倉は、それをうらやましいと思う。

「最近は、けっこう忙しいです」

そうつけ加えると、ぶたぶたの顔が少し曇《くも》った。それだけ世の中がすさんでいるということかもしれない。

「また頼みたいと……思ったんです」

もう二度と頼むことなどない、と思ったのに。

「あの時、言ってましたよね。みんな、一回きりだって」

「そうです」

「二度目を頼むのは、私が初めてですか？」

ぶたぶたは、黙り込んでしまった。答えるまでもないだろう。

「頼まれてはくれないのでしょうか……」

「いえ、もちろん依頼は受けます」

ぶたぶたは間髪《かんはつ》を入れずに言った。

「でも、二度目を依頼するということは、よほどのことがあったんでしょう?」

三倉は顔を上げた。

「最初の依頼の時には、特にこっちからは訊かないようにしているんですけど、もしよかったら話してみてください」

三倉は、最初から話すつもりでいたのだが、ぶたぶたにそう促《うなが》されたからと言って、気が楽になるものではなかった。

「殺したいと思っているのは……」

それでも、言わずにはいられない。

「……息子なんです」


中学まではよかった。ごく普通のおとなしい優秀な子供だと思っていたのだ。

だが、高校に入ってから、突如として変化した。自分の部屋にひきこもり、三倉や妻や長女——つまり、両親と妹に暴力をふるうようになったのだ。

毎日絶え間ない暴力にさらされ三年——ついに妻が病気に倒れた。思春期の娘は自《みずか》ら家を出、遠くの親戚《しんせき》に身を寄せている。

息子とどうにかして向き合おうと思っているのは、自分一人になってしまった。会社も辞めた。今は、貯金を切り崩しながら、息子の世話をしている。

けれど、何をしても息子は心を開かない。暴力が彼の言葉であるとわかっていても、そこから何も汲《く》み取れない自分が恥ずかしくてならなかった。何のために生きてきたのか——幸せだったはずなのに。自分の幸せが、息子にとってはそうでなかったのだと考えても、息子に対してしてきたことすべてを思い出せるわけではなく……何がいけなかったのか、と毎日同じところに戻るばかりの日々なのだ。

数日前、入院している妻に会いに行った。身動きもできないほど衰弱した妻の姿は痛々しいものだったが、息子といるよりもずっとよかった。妻がうらやましいとさえ思った。どうして息子といると怯《おび》えてばかりなのだろう。こんな生活、もうたくさんだ。あいつさえいなければ——あいつなんか、消えてしまえばいいのに。俺の人生をめちゃくちゃにして、俺の幸せを台無しにして——。

そんなことを考えている自分に気づいて、愕然《がくぜん》となった。あの時と同じだ。いや、多分もっとひどい。もっと追い詰められている。あの時は、逃げ場があった。様々な方法が、冷静に目を向ければ自分でも見つけられたはずだ。でも、今度はそれがない。八方ふさがりなのだ。考えつくことはすべてやり、相談できるところへはすべてたずねた。それでも、だめだった。

家に帰れば息子に暴力をふるわれる。一言で言えばそうだ。しかし息子は、起きている間、ありとあらゆる暴力でもって、父を苦しめる。何もない時間が五分と続けばいい方だ。そして、苦しめることで、自分も苦しんでいる。互いにわかっていながら、何もできない歯痒《はがゆ》さに、ますます暴力はエスカレートしていく。

三倉は、ずっと前からぶたぶたのことを思い出していた。けれどそれは、あのことを思い出して、二度と誰かに殺意を抱いたりしないように、という戒《いまし》めのためだった。もう一度電話をかけようだなんて、思っていなかったはずなのだ。

なのに、こうして向かい合って、今までのことを話している。

「今、息子さんは?」

「家で、寝てます。でも、夜中の三時くらいに目をさますので、それまでに帰らないと——」

声が震えているのがわかる。家を無断で空《あ》けたら、どんな仕打ちが待っているか——。

「じゃあ、それまでにすませてしまいましょうか」

ぶたぶたはそう言うと、残っていたコーヒーを飲み干し、椅子からぴょん、と飛び降りた。

「行きましょう、三倉さん」

「え? あ、あの……」

「早くしないと、息子さんが起きてしまいますよ」

ぶたぶたは、すたすたとレストランを出ていく。三倉も、あわててあとに続く。

レストランの駐車場は、街道沿いでないせいか、あまり車が入っていなかった。建物の裏側には、まったく車はない。フェンスの外側には川があり、向こう岸には大学のグラウンドが見えた。

人目には、ほとんど触れない場所だ。

リュックをごそごそと探《さぐ》って、ぶたぶたが何かを差し出す。

「さあ、どうぞ」

ナイフだ。果物を切るような、小さなナイフ。それでも、ぶたぶたには充分な凶器になる。

「これで思いっきり、私を刺してください」

震える手で、三倉はナイフを受け取る。

「さあ早く。帰らないといけないんでしょう?」

ぶたぶたは、胸を張って立っていた。腹を刺せ、ということか?

「ここなら、誰も来ません。もっともあなたを目撃したからって、誰もぬいぐるみを殺そうとしているなんて、思いませんよ」

三倉は、ナイフをじっと見つめていた。

「違う……違います、ぶたぶたさん」

「何がです？」

「私は、自分のためにあなたを雇おうとは思ってないんです。私は、息子のために――」

父に対しての暴力が、いつか死を招くことを、当然考えているであろう息子に――父親を、殺したいほど憎んでいるはずの息子のために。

「息子さんは、私のことをご存じなんですか？」

「いえ、知りません。一度も話したことはない」

「やっぱりそうですか」

ぶたぶたの言葉に、三倉は首を傾《かし》げる。

「自分の代わりを、ぬいぐるみにさせるわけですか？」

三倉は、その言葉がぶたぶたの口から出たものとは信じられなかった。

「息子さんが、本当にあなたを殺したいと、あなたが思ってるんですか？」

ぶたぶたの声は、淡々としていた。いかなる感情も含まない、きわめて冷静な口調のように聞こえた。

「あなたが息子さんを殺したい、というのならわかる。それはあなたの気持ちだからです。けれど、息子さんがあなたを殺したいと思う気持ちは、息子さんの気持ちです。あなたの気持ちではない。殺意は、誰かが与えてはいけないものです。親ならなおさらです。

――あなたは、自分が何をしようとしているのか、わかってるんですか？　自分の息子が殺人を犯す前から、殺人者であるとレッテルを貼っている」

三倉は、呆然《ぼうぜん》とぶたぶたを見つめた。

そうだ。確か、初めてぶたぶたと会って、依頼をした時——自分が殺人者であると告白したように思えた。何もしていないのに。

その時の重さを、自分は忘れてしまっていた。ぶたぶたの小さな身体が飛んだ時の気持ちを、息子にも味わわせようとしているなんて……。

二度とあんな気持ち、味わいたくないと思ったということは、本当なら、一度もない方が——いや、ありえないのだ、本当ならば。誰かをこの手で殺して、何ともないだなんて。そんなこと、絶対に起こらない。

三倉は、ぶたぶたを改めて見た。

これがいれば、うまくいくと思った。あの時のように。とにかく、これで苦しみからは抜け出せる。ぶたぶたの存在は、いつの間にか戒めのためではなく、思い出せば思い出すほど、誘惑に変わっていったのだ。

けれどこのぬいぐるみは、決して彼が考えていたようなものではなかった。賢い人間は、彼を最後の逃げ道だなんて思わない。彼は、愚《おろ》かな人間だけに与えられた、多分、人生最大の幸運——たった一つの。

だから、二度目はない。頼んできた人間は、三倉が初めてではないのだ。そのたびに、こうして自分の愚かさを思い知り、引き下がる。

手に持っているナイフで、自分を傷つけたくなったが、そんなことをしても何もならない。三倉は、ナイフの刃を畳んだ。

ぶたぶたに差し出すと、彼はそれをリュックにしまった。

「……わかりました」

憑《つ》き物が落ちたようだった。さっきまでは、自分が世界で一番不幸であり、世界で一番息子思いだと思っていたが、それは違っていた。少なくとも、世界で一番ではない。

「大丈夫ですか？」

「はあ、もう……平気です」

声に力はないが。

「息子さんのこと、どうなさるおつもりですか？」

「そうですね……とりあえず、今夜のこと、話してみます」

「話はできるんですか？」

「部屋に閉じこもってる時、ドア越しにならなら……あなたに会った時からの話をしてみますか」

三倉は笑った。自然に笑みがこぼれた。

「もう、帰ります。息子がそろそろ起きる頃ですので」

「そうですね、私ももう――」

ぶたぶたはそう言って、身を翻《ひるがえ》した。

一瞬、彼の背中に、金色の翼が羽ばたいたように見えた。三倉は、初めて会った時のことを思い出す。やっぱり、そうだったのか――。

でもそれは、背中の黄色いリュックのふたがはずれて、ぱたぱたと動いていただけだった。

「ぶたぶたさん」

「何ですか?」

「息子のことが一段落したら、うちに遊びに来てくれませんか?」

ぶたぶたは、突然の申し出にびっくりした様子だったが、すぐに、

「いいですよ」

と笑って言った。

「それから、依頼じゃない電話をかけてもいいでしょうか……?」

「どうぞどうぞ。だったら、こっちの番号にお願いします」

ぶたぶたは、メモ用紙に自宅の住所と電話番号を書いて渡してくれた。

「ありがとう。ほんとにありがとう」

彼が単なる思い出す存在ではなく、友人だったら、きっとうまくいきそうな気がするの

だ。

三倉とぶたぶたは、連れ立って歩き出した。桃の花の香りがする。そんなことに気づいている自分に驚く。周りのことなんか、ずいぶん長い間気を配っていなかった。娘のために、雛《ひな》人形を出そうか。お内裏《だいり》さままでも見れば、息子も妹のことを思い出すだろうか——。

「ぶたぶたさん」

「何ですか?」

「何であの貼り紙、あんな下の方に貼ってあったんですか?」

突然思い出した質問を言ってみた。

「あんまり高いところには、私一人じゃ貼れなかったからですよ」

答えは予想どおりのものだった。でも、あの夜、あの貼り紙を見つけたのは、偶然だったのだろうか——。あんな低いところのものなんて、うつむいてなければわからない。うつむいていても、たまにはいいことがあるんだな。すごく時間がかかったけれども。ぶたぶたが、息子とも友人になってくれたらいいな、と三倉は思う。そしたらその時三人で、いろいろなことを話そう。

絶対、話せるようになるはずだ。

ぶたぶたの背中のリュックが、うなずくようにぴょこんと揺れた。

ただいま

1

突然、外で何かが割れる音がした。

かすかな悲鳴も聞こえた気がする。

テレビの真ん前に座って、必死にスピーカーに耳を傾《かたむ》けていた摩耶子《まやこ》の耳にもはっきり聞こえた。腰を浮かして窓に近寄ろうとしたが、動きはそこで止まる。

外は台風なのだ。

築三十年近い永井《ながい》家は、さっきからぐらぐらと揺れている。八月、最後の日曜日、真っ昼間に、台風が関東地方を通過しようとしているのだ。

激しい雨と風に、テレビの音も聞こえないくらいである。なのにあの破壊音。悲鳴。いったい何があったのだろう。

好奇心に負けた摩耶子は、窓の鍵《かぎ》をこわごわはずした。ところが、サッシがなかなか開かない。力を入れてひっぱると、狭いすきまから風と雨が猛烈な勢いで入り込んできた。

あわてて閉め直すが、外ではまた激しく何かが壊れる音だか倒れる音が聞こえる。何か大事件でも起こっているのではないかっ⁈

反動をつけて、窓を一気に開くと、間違ってシャワーを出してしまったような衝撃が襲ってきた。窓がほとんど全開してしまったのだ。そ、そんなつもりではっ！　閉めようとしても、雨が顔にばしばし当たって猛烈に痛い。雨なのかほんとにっ。砂じゃないのか?!

「きゃあああっ!!」

思わずあげた悲鳴は、風の音にかき消される。

目をつぶったまま窓を閉めようとした時、頭に衝撃があった。何?!　何が飛んできたの?!

手探《てさぐ》りでようやく窓を閉めた時には、身体《からだ》も畳の上もぐっしょり濡《ぬ》れていた。うちの中なのに、こんなずぶ濡れになるなんて。

バスタオルとぞうきんを持ってきて身体と畳を拭《ふ》き、Tシャツとショートパンツを着替えた。風で飛び散ったものを集め、濡れているものは拭いた。

いったい何だったんだろう、あの音は。結局何もわからなかった。ただの濡れ損だ。

やれやれ、と畳の上に腰をおろすと……見たことのないぬいぐるみが落ちている。

「あれ？」

まだ片づいていない部屋の中を思わず見回すが、こんなぬいぐるみ、記憶にない。手を伸ばして触《さわ》ると……ぐちょ、と音がした。たっぷり水を吸っている。

さっきぞうきんが頭にぶつかったと思ったが、これだったのか。

とりあえず、さっき身体を拭いたバスタオルの上に載《の》せた。濡れてへたっているぬいぐるみは、ぶただった。色は多分淡いピンクといったところだろう。大きさはバレーボールくらい。突き出た鼻に、大きな耳、ビーズの黒目。

バスタオルに包んでぎゅーっと押すと、たちまちタオルが湿った。部屋に干すとしても、ちょっと水を吸いすぎている。台風が行ってしまってから外に干すしかなさそうだ。

部屋を片づけてから一時間ほどすると、台風はすっかり通り過ぎてしまった。あんなに大騒ぎしていたのが嘘《うそ》のようだった。

窓を開けると、風はまだ強いが、雨はきれいにあがっていた。空のところどころに青空も見える。

さっきの音の真相を探りに行こうかな。

摩耶子は、濡れたぬいぐるみの耳を、外の物干《ものほ》し竿《ざお》に洗濯ばさみでとめた。風に揺られて、飛沫《しぶき》をまき散らす。

窓を閉めると、小さなトートバッグに財布を入れて、家を出た。

結局、音の原因はよくわからずじまいだった。壊れた看板やバケツなどがあちこちに転がっていたが、どれが音の根源だったのか特定できない。

短い間に通り過ぎていったわりには、台風は様々な傷跡を残していた。さすがに電線や街灯は無事だが、木の枝がぽきぽき折れている。ゴミがまき散らされているのには、ちょっと臭《くさ》くて参ったが。

本屋に寄って雑誌を立ち読みしている間に、外はきれいに晴れてしまった。風が生暖かくてすごく気持ち悪い。足の裏が不必要に湿ってきて、湿度の高さと日射《ひざ》しに倒れそうになる。

涼しさに惹《ひ》かれて、ついふらふらとパチンコ屋に入ってしまった。適度に乾いた店内は煙草《たばこ》臭かったが、この際文句は言えない。

ほんの千円だけ、と思ったのだが、座った台がいきなり大当たりしてしまった。確変《かくへん》の嵐《あらし》。たちまち箱の山ができていく。

結局外がいくらか涼しくなるまでパチンコ屋で過ごし、身体は冷たく、ふところはだいぶ温かい状態で家に帰った。途中のコンビニで今夜の夜食を仕入れる。

一人暮らしのような生活だが、本当は両親と一緒に暮らしている。が、親も摩耶子も似たりよったりだ。父も母も、仕事と自分たちのつきあいが忙しい。三人で共同生活をしているみたい。食事も生活時間も別々だし。

母はデパートに勤めているので今日はいないし、父は接待ゴルフで昨日から不在だ。台風はどうだったのだろうか。今日のゴルフはまず無理だろうが。

母は九時ぐらいにならないと帰ってこない。家に帰っても、摩耶子一人だ。

兄の晋《すすむ》が家を出るまでは、こんな感じではなかった。彼は、一家の主婦みたいな男だった。朝、誰よりも早く起き、食事を作り、後片づけをして会社に出かけ、帰ってきてからもできる限りの家事をする——という、人に話せば「信じられない」と言われるような人だったのだ。

その兄が家を出たのが十年前——出たと言っても、一人暮らしを始めただけだったのだが、その一ケ月後、忽然《こつぜん》と姿を消してしまった。三日後に友だちとの旅行を控え、同僚《どうりょう》の送別会の幹事を引き受けたばかりだった。

家出や蒸発はありえない状況だったし、何か不審な出来事があったわけでもない。むろん、恨《うら》みを持たれるような人間ではないし、女性がらみのいざこざもなかった。まったく何の前触《まえぶ》れもなくいなくなってしまったのだ。

兄の失踪《しっそう》に関係ありそうな事件も、調べるたびに消えていく。あるいは明確な接点が見えない。その段階では警察もどうしようもできないのだ。

それから十年。まったく何も、見事なまでに手がかりが見つからない。

無造作に「死んでいるのではないか」と言う人もいるが、摩耶子も両親もそれだけは認めない。死体が見つからない限り、そんなことは信じない。

同じような状況にある家族たちと一緒に、今でも街頭で呼びかけをしたり、探したりする。けれど、最近は兄のことを考えることも減った。忘れているわけではない。時間がたてば悲しみも薄れる、と思ったが、そうではないからつらいのだ。兄のことを考える先に、「もう見つからない」という気持ちが見えてくる。そう考えることすらいやだ。自分を責めたくなってくる。

だから、表面上何もないふりをして、両親との生活を意図的《いとてき》に避けているのかもしれない。三人が決定的に共有している問題は、兄のことなのだから。三人でそれをしゃべる気力が、衰えているのがわかる。

何もなかったような日曜日のふりをして、家に帰るしかないのだ。

十年たって、摩耶子は兄の歳《とし》を三つも追い越してしまった。二十八という自分の年齢を考えると、そろそろ結婚なども考えなくてはいけないのだろうが、家に両親を二人で置いておくのが心苦しかった。この上一人欠けたら、兄がさらに遠くなるような気がするのだ。

家に帰ると、父が居間のソファーに座って新聞を読んでいた。

「早かったね」

声をかけると、ちらっと摩耶子を見たが、すぐに紙面に目を戻す。

「夕飯、食べたの？」

「うん、途中で食べてきた」

時計は六時を指していた。母の帰宅は多分、九時頃だろう。摩耶子は一人分の食事を作ることに決めた。

その前に、煙草臭くなった髪を洗いたい。着替えを取りに二階の自分の部屋へ行った。

蒸し暑くなった室内を冷やすために、急いでエアコンをつける。

タンスから着替えを出している時、その音は聞こえた。

いや、音というより、気配と言うべきか。

「……誰？」

何かさするような音がする。曇《くも》りガラスの向こうから——。

この部屋の窓は、ベランダに面していない。誰かがいるなんて、そんな……。

「お父さん！」

摩耶子は窓から極力《きょくりょく》離れるようにして、階下に怒鳴った。

さする音は続く。暗くなりかけた窓の向こうをうかがい知ることはできない。

「どうした？」

階段の下から、父の声がした。

「いいから、ちょっと来てよ！」

父が階段を昇ってきたが、音は一向《いっこう》に静まらない。

「何だよ」

「……なんか変な音がする……」

摩耶子は声を潜《ひそ》めて父に言う。すーっとまさにガラスを撫《な》でるような音が、はっきりと耳に入ってきた。

何か軽いものがガラスに当たる音も聞こえる。

「……何だ？」

「わかんないよ」

父は、いぶかしげな顔をしながらも、躊躇《ちゅうちょ》なく窓に近寄った。少しだけ迷ったのち、静かに窓の鍵をはずして、一気にサッシを開ける。

「何だ、これ？」

父は、今までの状況を忘れ去った声をあげた。

「あ、忘れてた」

摩耶子も忘れた。

そこには、さっき台風の風に乗って入ってきたぬいぐるみが干してあったのだ。

「すみません」

「え？」

父と摩耶子は、同時にお互いの顔を見た。

「すみません、降ろしてもらえますか？」

はっきりとそう聞こえた。摩耶子も父も、何も言っていない。

「ちょっと苦しいもので……」

耳を思いきりひっぱられているぬいぐるみの鼻先が、もくもくと動いている。

摩耶子は動くことができなかった。父も呆然《ぼうぜん》としている。ぬいぐるみが声を発しているということは——それは、驚きのほんの一部でしかなかった。二人とも、同じことを考えていたに違いない。

そのぬいぐるみの声が、ほんの一瞬だけ、兄の声に聞こえたのだ。

2

よくよく聞けば、違う声であるというのはわかる。だいたいぬいぐるみに声があること自体おかしいのだが、この際それは目をつぶろう。

ただ、言葉の端々《はしばし》に——ほんの少しなのだが、しかもどこと指摘することもできないのだが、兄を彷彿《ほうふつ》とさせる色があった。何とも言えないのだけれど、それは兄なのだ。それしか思い出せないのだ。

そこはかとなく兄に似た声を持つぬいぐるみは今、食卓に座って麦茶を飲んでいた。器用にコップを両手（？）でつかんで。

耳にくっきり洗濯ばさみのあとをつけたぬいぐるみは、慎重にコップをテーブルに置く

と、

「ごちそうさまでした」

と言った。そして、摩耶子と父の顔を見比べて、

「何かついてますか？」

と言う。摩耶子たちは、あわてて首を振る。父が摩耶子と同じことを考えているのは間違いない。

「そうですか……」

ぬいぐるみの身体は、すっかり乾いている。あれだけずぶ濡れだったのに、強烈な西日に照らされてきれいに水分は蒸発していた。乾いても薄汚れたピンク色をしていたが、よく見るととてもかわいらしい。黒いビーズだけの目なのに、不思議に表情が見える。

ぬいぐるみも戸惑っている。それは摩耶子にもわかった。

「あのう……ちょっとお訊《き》きしたいんですけど」

案《あん》の定《じょう》、質問が出た。

「私は、どうやってここに来たんでしょうか？」

「……どうやってって……」

父を見ると、あわてて頭を振る。当たり前だ。これは摩耶子にしかわからない。

摩耶子は、昼間起こった出来事を説明した。と言っても、「窓を開けたら飛び込んでき

て、ずぶ濡れだったので干した」。これだけなのであるが。

今度はぬいぐるみの方が呆然となった。

「どこかから飛ばされたってことですか……？」

それをこっちに訊かれても困るが、

「そうなんじゃないですか？　軽いみたいですし」

摩耶子は答えた。

「気がついたら、吊《つる》されていたんで……とてもびっくりしました」

ぬいぐるみはテーブルに両手をつき、頭を垂《た》れた。悪いことをしたかな、と摩耶子は思うが、あの場合仕方がない。乾燥機に突っ込むよりはよかったのではないか。

「その前まで、何をしていたのかわからなくて……」

ぬいぐるみの言葉を、摩耶子はどう受け取っていいのかわからなかった。何も返事ができず黙ったままでいると、ようやく父が口を開いた。

「それは……記憶がないってことですか？」

ぬいぐるみに話しかけているとは思えない口調だった。どちらかというと頑《かたく》なな父が言った言葉とは思えない。

「はあ……そうだと思われます」

ぬいぐるみはこの上なく自信なさそうな声で言った。

「名前……何て言うんです」

「いや、それもわかりません」

あること自体とても変なのだが、あって当然という返事をぬいぐるみはする。

「男性ですよね？」

「はい」

兄に似た声を聞いた時点で、そうは思っていたが。

「おいくつですか？」

父は次々と質問をする。

「さあ、それも……」

彼は首を傾《かし》げた。とても愛らしいのだが、子供とか思春期の少年とか、そんな年頃にはとても思えないのが不思議だ。

「どうしてこんなことになったのか、心当たりはありますか？」

「こんなことというのは、記憶喪失ってことですか？」

「そうです」

摩耶子は父の横顔を見た。一つ質問をするたび、首が前に出ていく。摩耶子は少し身を引き、二人の様子を遠くからながめてみた。

ぬいぐるみはしばらく考えていたようだったが、やがて、

「いや……全然わかりません」

「ここら辺に住んでるんですか？」

首が振られる。

「まったくわからないんです」

お父さん、これはぬいぐるみだよ。窓を開けたら飛び込んできただけなんだよ——そう言おうとしたが、摩耶子の口は動かなかった。

その時、居間のドアが開いた。真っ赤な顔をした母が姿を見せる。いつ帰ってきたのだろう。

「晋……？」

よろけるようにこっちへやってくる。ぬいぐるみは母に背を向けている。

「お母さん……！」

摩耶子は立ち上がった。

「母さん、違うよ」

父が言う。けれど、母の耳には入らない。

「どこに行ってたの……?!」

ぬいぐるみが、ようやく母の方に振り向く。母の目と黒い点目《てんめ》が合った。

「すみません、あの……」

そう彼が言ったとたん、母は卒倒《そっとう》した。

当然なのだ。母の反応が正しい。

目をさました時母は、近頃ないくらいに立腹していた。

「どうしてよっ、どうしてぬいぐるみがしゃべってんのよっ?!」

しかし、誰ともなく——ぬいぐるみにさえ怒っているようには見えなかった。少なくとも摩耶子には。

あわてているのはぬいぐるみだけだ。

「すみません、僕にもわからないんです」

おろおろと母の周りを動き回ってなだめている。

「あんまり怒鳴ると、血圧が上がるよ」

父がとても落ち着いた声で忠告する。それが癇《かん》に障《さわ》ったのか、母はきっとにらみつけた。

「どうしてそんなに平気な顔してられるのよ?!」

摩耶子と父は、助けを求めるようにお互いを見たが、何も言葉が出てこない。それどころか、父はかすかに微笑《ほほえ》んでいた。

「すみません、お騒がせしました。僕、もう行きますから」

相変わらずおろおろしたまま、ぬいぐるみは言った。すると、母がぴたりと動きを止める。肩だけが上下していた。

「行くって、どこへ？」

摩耶子の問いに、彼が振り向く。明らかに戸惑った顔をしていた。

「さあ……」

首を傾げてそう言う。

「あてはあるんですか？」

父の問いに、彼は首を振る。

母は、摩耶子と父を見比べている。不思議なものを見るような瞳《ひとみ》だ。

「……ぬいぐるみでしょ？」

母が言う。

「そうですね」

自分に向けられた言葉ではなかったが、ぬいぐるみが言う。

「でも、僕はどうしてぬいぐるみなんでしょう」

三人はじっと彼を見つめた。

「自分でも、よくわからないんですけど」

3

とりあえず、彼には泊まってもらった。

とはいえぬいぐるみなので、ソファーを広々使えるのである。クッションとバスタオルがあれば充実した寝床《ねどこ》だ。

摩耶子はなかなか寝付けなかったにもかかわらず、早くに目がさめた。いつもより一時間も早い。

階下に降りて、足音を忍ばせて居間に入ると、ぬいぐるみがクッションに顔を埋《うず》めて眠っていた。いや、眠っているように見える。そっくり返っている右耳がぴくぴく動いている。

かわいいので、しばらくそうやってながめていたが、起きる気配はないので、また二階に上がる。

摩耶子の部屋の向かい側に、兄の部屋がある。そこに、本当に久しぶりに入った。

部屋は、十年前、兄が出ていったままだ。摩耶子は、のちのちこっちを自分の部屋にするつもりだった。小さなベランダもあるし、少し広かったから。大学入試を控えていたので、それが終わったら片づけて引っ越す予定だったが、ついにかなわなかった。

一週間に一度は掃除をしているので、清潔だけれども、誰も生活しない部屋特有の寒々しさが漂《ただよ》う。ふとんもちゃんと干しているというのに、そこにはぬくもりが存在しないのだ。

窓を開けると、早朝にもかかわらず生暖かい風が入り込んできた。台風が通り過ぎるごとに秋が近くなるというが、今の時点では信じられないことだ。今日も真夏日になるだろう。

マットレスがむき出しのベッドに横になってみる。ひやりとして気持ちよかった。そのまま目を閉じる。

何か夢を見たようだったが憶《おぼ》えていない。久しぶりに香りで目をさましたからだろうか。朝食の香りだ。味噌汁《みそしる》と……卵焼き？

摩耶子は、兄の机の上の時計を見た。七時だ。そろそろ起きないといけない。でも、この時間に起きる摩耶子がいつも朝一番早いのに……久々に母が用意しているのだろうか。五年前勤め始めた時から、朝食は各自で、と宣言した母が。

あのぬいぐるみのため？

それは考えすぎかもしれない。それに、さっきは確かにソファーに寝ていたけれども、あれが夢でないという確証はどこにもない。さっきまでが夢だったかもしれないではないか。

しかしまあ、昨日母はだいぶ興奮していたようで、薬を飲んでやっと落ち着いたらしい。それでこんなに早く起きて食事の支度《したく》ができるのならば、それはそれで安心かも。

摩耶子が再び階下に降りると、食卓の上にほかほかと湯気のたった卵焼きが載っていた。くるりと丸まっただし巻き卵だ。うちでそんなめんどくさいものを作ろうと思う人間など、一人しかいない。

「あ、おはようございます」

台所の方からひょこっと首を出したのは、あのぬいぐるみだった。

「すみません、勝手に朝ごはん作っちゃって」

「……どうしたの？」

「いえ、作り終わったら出ていこうと思ってたんです」

台所のシンクの上には、細かく切った野菜がビニール袋に入れて置いてあった。

「あの浅漬けを出したら、と思ってたんですけど」

そう言って、椅子《いす》をずりずりシンクに近づけ、ひょいと飛び乗った。ビニール袋の結び目を開けて、中の水分を出す。

「あ、あたしやります」

「そうですか、じゃあ……」

ぬいぐるみは椅子から飛び降りた。摩耶子が野菜を取り出し、きゅっと軽く絞って小鉢に盛りつけるのを見届けてから、ぺこりと頭を下げる。

「じゃあ、お世話になりました」

「ちょっと待ってよ」

摩耶子が呼び止める。

「どこに行くの？」

そうたずねると、ひどく不安そうなしわが鼻の上あたりに寄った。

「行くあてない……っていうか、わからないんでしょ？」

ぬいぐるみはうなずいたが、

「けど、多分どうにかなるでしょう」

「一晩寝ても、思い出せなかった？」

「ええ、そうですね」

「でも、どうしてこんなごはん、作れるの？」

「……どうしてでしょうね。自分の名前は思い出せなくても、卵焼きの作り方はわかりました
したね」

「……あなた、いったい何者？」

自分の声が震えているのがわかる。

「どうしてぬいぐるみなの？」

ぬいぐるみがしゃべることに対してではなく、どうして彼がぬいぐるみなのか。それが知りたかった。この家の中でそんな質問をしても、誰も答えてくれないことはわかっていたが。

ぬいぐるみは、摩耶子の顔をじっと見上げていた。

「それこそ、僕が訊きたい」

摩耶子は、食卓の上の卵焼きを一切れ、口に入れた。中が半熟で、甘みと柔らかさが広がる。かすかにごま油の香りがした。

兄がお弁当に入れてくれた卵焼きにそっくりだった。こうやって朝一番に起きて、家族の朝食と弁当を作っていたのも、兄だった。

「おはようございます」

ぬいぐるみの声に顔を上げると、母が食い入るような視線で食卓を見つめていた。

母の調子はあまりすぐれず、結局仕事を休むことに決めた。

「あたしも休もうかな」

摩耶子が言うと、普段ならば反対するだろうに、この時ばかりは軽くうなずいただけだった。

ぬいぐるみはまだ家にいる。闇雲《やみくも》に家を出るのではなく、どうするか決めてからにした方がいいのではないか、という摩耶子の意見を聞き入れたのだ。

そう言ったはいいけれども、具体的にどうしたらいいのか、というのはなかなか浮かばない。

父は、心配そうな面持《おもも》ちで出勤していった。摩耶子も会社に電話を入れる。

もうやることが見当たらない気分になった。

食卓に着いてお茶を飲む。肘《ひじ》をついて、一応考えているポーズは取るけれども、頭の中はごちゃごちゃだ。

ふと気づくと、向かいに座っていたはずのぬいぐるみがいない。

彼は、冷蔵庫の前にいた。

「何してるの?」

「お母さん、食欲ないんでしょ? でも、何か食べた方がいいと思って……」

冷蔵庫の前で考えているようだ。彼の頭の方が、ずっと冴《さ》えているように思える。でも、本当はそんなことないはずだ。

「いいよ、そんなこと……。夏バテもしてるし」

「冷たいものだったら、入るんじゃないですか? 冷蔵庫、開けてもいいですか?」

「いいです。勝手に使って」

もうすでに朝開けているのだから。

彼は冷蔵庫を開けて、椅子に乗り、中身を確かめた。やがていりごまのパックと、きゅうり、みょうがと味噌を取り出す。

「みょうが、平気ですか？」

「うん、あたしが買ったの、それ」

昨日の昼にそうめんを食べた時、使ったのだ。

「すり鉢、貸してください」

「ごま、するの？」

「はあ」

「やってあげるよ」

「じゃあ、お願いします」

しばらく摩耶子は、彼の指示どおりに動いた。三十分もかからず、ごまの香りのきいた濃いめの冷たい味噌汁ができあがる。

「これでそうめんを食べるんです」

タッパーに入った食べ残しのそうめんを皿に盛った。

こんな料理、見たことなかった。田舎風である。

「何か思い出した？」

「……いいえ、何にも」

「じゃあ、どうやってこの料理のこと思い出したの？」

「暑い時にもつるつる食べられて栄養のあるもの、って考えたら出てきただけです」

母の部屋にその料理（冷や汁と言った）を持っていくと、また卒倒するんじゃないかと思うくらい、真っ青になった。

「お母さん、二人で作ったの。食べて」

「あんたが作ったの？」

母が摩耶子に向かって言ったが、

「違う。あたしはこんなの初めて見たよ」

「万能ねぎ忘れました」

ぬいぐるみはあわてて台所の方に駆けていく。

母の顔に目を戻して、摩耶子はぎょっとする。大粒の涙がぼろぼろこぼれていたのだ。

「どうしたのよ、お母さんっ」

「これ、晋に最後に教えた料理よ……」

「えっ!?　でも、こんなの食べたことないよ、あたし」

「お父さんがみょうが嫌いだったから……これ、入れないとおいしくないのよ……。夏バテだってあの時言ってたから、電話で晋に教えたの。『今度作ってみるからね』って言ってた。それっきりよ」

母は、ふとんのカバーで涙を拭いていた。ティッシュを渡すと、大きな音で鼻をかむ。

ぬいぐるみが、小皿に盛った万能ねぎを持って戻ってきた。

「……どうしました？」

「いえ、何でもないわ……」

母は笑ってそう言う。

「これ、あっちでみんなで食べましょう」

「起きない方がいいんじゃないですか？」

「ううん、もう平気。おいしそうね。摩耶子、あんたも食べなさい」

氷を浮かべた涼しそうな冷や汁は、朝食後でも食べられそうだった。


ぬいぐるみが、掃除をしている。ソファーに粘着式のローラーをかけているのだ。

兄は、いったい誰に似たんだろうか。顔はともかく、そのかいがいしいまでの性格に関しては、親戚《しんせき》にも見当たらない。小さい頃は共働きではなかったから、家事に関してやらざるをえないという状況でもなかった。好きだったんだろう、やっぱり。掃除や料理をしている兄は、とても楽しそうだった。そして、誰にでも優しかった。みんなに好かれていたが、女の子からは単に「便利な人」というふうに見られることもあったようだ。

そう思われても仕方ないと兄の姿を見て思うことがよくあった、とぬいぐるみがローラーの紙を切り取っているのを見て思い出す。ゴミ箱に捨てる時、絶対に他のゴミやビニール袋にくっつかないように、きっちり折り曲げて捨てないと気がすまない人だった。摩耶子もよく注意された。ずぼらな女の子だったら、ちょっとうんざりするかもしれない。いなくなった時、誰か大切な女の子がいたならば、兄はいなくならなかっただろうか。妹より、両親よりも大切に思える子がいたならば。

彼は、掃除が終わったことを知らせるように、ぱふぱふっと手を叩《たた》いた。かつては、家中に響いたものだ——。

目の前の席に、ぬいぐるみが座った。

テーブルの上に置いてあったボトルから、麦茶を注《そそ》いで彼に差し出す。

母は奥の寝室で眠っている。

二人は、しばらく黙って麦茶を飲んだ。

エアコンの音が妙に大きく聞こえるくらい、静かだった。寝ている母の寝息まで聞こえそうだ。

麦茶を飲み終わった摩耶子は、ようやく口を開く。

「とにかく、昨日ここら辺にいたのは確かよね？　飛ばされたにしても——」

ぬいぐるみは、神妙な顔でうなずく。

「洗濯ばさみ、ごめんね」

彼の耳には、まだかすかにあとが残っていたが、

「いや、別に痛くないから」

耳の中と同じ布地が張られた手の先で、耳をさすった。

「ここら辺を、散歩してみない？」

「そうですね」

彼はそう言って、麦茶を飲み干した。

4

摩耶子の家の周辺には、畑がたくさんある。

二十三区内なのだが、昔ながらの農家が今でもたくさん農地を所有しているのだ。あぜ道をそのまま舗装した狭い道が曲がりくねっている入り組んだ街だった。

畑の脇《わき》を通ると、ぷん、と青臭い匂《にお》いがする。キャベツが刈られて、無惨《むざん》に根元をさらしていた。

二人は——というか摩耶子は、ぬいぐるみを抱えて歩いていた。

知った人がそんな摩耶子を見たら、どうかしたか、と思うだろう。暑さに当たったか、と言われるのを覚悟で歩いていた。

しかし、気温がぐんぐん上がるこの時間、好んで歩く人はいない。みんな自転車で、せわしく走り去ってしまう。

「見憶えない？」

誰も周りにいないことを確認して、摩耶子がたずねる。

ぬいぐるみは、黙ってあちこちに首をひねっている。

「うーん……」

匂いを嗅《か》ぐように、鼻をひくひくと動かす。

「……わかんないですね」

思わずため息が出た。いったいどんな意味を持つため息なのか、自分でもわからない。

「あなた、どうしてここら辺にいたの？」

ぬいぐるみが、摩耶子を見上げた。

「さあ……？」

摩耶子は迷っていた。今の自分の考えを、彼に話すべきか。

けれどそれは、とてもバカげているとしか思えない。他人が聞いたら、いや、親だって摩耶子がおかしくなったのではないかと思うかもしれない。

ではそれ以外、何を彼と話したらいいのだろう。何か策が思い浮かべばそれでいいけれども、何も浮かんでこないのだ。そんなことを考えようにも、頭は一向に切り替わらない。

「もうお昼ですよね？」

彼が言う。時計を見ると、確かに十二時を過ぎている。

「おうちに帰りますか？」

「ちょっと電話してみるよ」

近くのコンビニから家に電話をしてみると、母が眠そうな声で出た。

「お昼だけど、どうする？」

「もう少し寝ようかな……」

寝ぼけた声ではあったが、そんな沈んではいなかった。

「……何かあったの？」

ようやく家に誰もいないと気づいたのか、少し不安そうな声を出した。

「ううん。そこら辺を見て歩いてるだけ。何もわからないみたい」

「そう……」

「お昼はいらないの？」

「朝、いっぱい食べたから……何かあるものでもつまむわ。外で食べてくれば？」

外で――と言っても……。

電話を切ってから、日陰のベンチに座っている彼のところへ戻る。

「公園行きましょうか」

「はあ。あるんですか？」

歩いて十五分ほどのところに、広大な公園がある。ほとんどが草原で、ゆるい起伏や低い木がたくさんあるので、シートを持っていって寝転がるのに最適なところだ。近くにテイクアウトのサンドイッチが豊富なしゃれたレストランがあり、摩耶子は、たまにそれをかじりながら本を読んだりしている。

ペットボトルのお茶とサンドイッチを買って、ベンチで食べる。木がたくさんあるところの日陰は、とても清々《すがすが》しい。

もしこんな公園がビジネス街のど真ん中にあったら、さぞこんな日の昼時には混み合うだろうが、残念ながら住宅街の中だ。土日ならいざ知らず、平日では人影自体がまばらだった。

それでもきつい日射しと蝉時雨《せみしぐれ》がそれを忘れさせる。摩耶子は、何となく囲まれているような気分になっていた。

自分が気にしすぎているだけだ、というのはわかっている。構えているのだ。いつ話し出すべきか、どんな言葉から始めようか——そんなことばかりを考えている。

「あのう……」

摩耶子が話し出す前に、ぬいぐるみが口を開いた。

「私、ほんとにぬいぐるみですか？」

摩耶子はその問いにうなずいた。どこから見ても、立派なぬいぐるみだ。

「前は、ぬいぐるみじゃなかったの？」

「それさえもよくわからないんです」

ぬいぐるみは、自分の鼻をぷにぷに押している。

「違和感があるの？」

「ないんです。だから、よくわからない」

「？　どういうこと？」

「考えていることは、何だか人間みたいでしょ？」

「ええ」

「でも、ぬいぐるみなんですよ」

摩耶子は、ますます首を傾げる。

「以前の私は、いったいどんなふうに自分を受けとめていたのかな、と思って。こんなふうに思うってことは、本当は人間だったんじゃないかって思ったりするんです」

ようやくわかった。

「でも、人間でも同じじゃない？」

いったん口に出すと、止めどなく言葉が出てきた。

「人間のままだからって、以前の自分のことをどう思っていたかなんてわかんないよ。記憶がなくなったら、たとえ人間のままだって、いや、人間のままなんだけど、多分わからないと思う。ぬいぐるみだったらね、もしかしてぬいぐるみになったから、人間だった頃のことを忘れてるだけかもしれないじゃない。だって、ぬいぐるみになっちゃったんだもん」

自分でも何を言っているのかよくわからなくなってきた。

「……うちね、ほんとは四人家族なの」

ぬいぐるみが、摩耶子を見上げた。

「あたしの上に、兄がいるの。でも、十年前にいなくなっちゃったのよ」

彼は、黙って摩耶子の話を聞いていた。

「ある日突然、失踪したの。何の前触れもなく。探したけど、全然見つからない」

泣きそうになるのを懸命にこらえた。

「あなた、何だか兄に似てる」

摩耶子は、彼の顔を見た。こういう時に限ってこの点目が、ただのビーズに見える。じっと摩耶子を見つめるだけだ。

「変だよね。あなたぬいぐるみだもん。だけど似てるんだよ。お兄ちゃんは、そんなモテもしなかったし、成績も普通で、背も高くなかったけど、みんなに好かれるいい奴だったの。バカみたいにいい奴だった。あたし、けんかばっかしてたけど。あたし、高校生だったからさ……」

そのあとの言葉はのみこんだ。兄が以前どうであっても、もし彼が兄だと告白されたら、自分は信じるだろう、と。そうであってほしいとさえ思う。

たとえ、記憶を失っていようと、姿形が変わっていようと、受けとめる人というのはどこかに絶対存在するはずなのだ。

「……何か思い出せればいいんだけど……」

ビーズの瞳は微動《びどう》だにせず、まるで棒読みのように彼は言った。

彼の手は、何度も何度もペットボトルのふたを開け閉めしていた。はずしては、そのふたの重みを確かめるようにして掌《てのひら》で転がし、また閉める。

今のようにプラスチックのふたでなかった頃、よくそうやって指を切っていた。いくらやめろと言っても、気がつくとやっていた。

摩耶子の視線に気づいたのか、彼はふたをきっちりと閉めると、ボトルを脇に置いた。

「そう考えると……僕にも親がいるかもしれないってことですかね?」

そう言って、少しだけ和《やわ》らいだ色をした空を見上げた。

「こんな僕にも」

そうかもしれないし、そうではないかもしれない。もしかしたら、奥さんや子供だっているかもしれない。ちゃんと仕事だってしていたかも。いろいろな人と出会って、友だちになったり、笑ったり泣いたりしていたに違いない。今も、誰かがどこかで心配をしているのかもしれない。

それは、今ここにいる摩耶子と彼には届かないけれども。

「お兄さん、見つかるといいですね」

それは摩耶子の願いだ。彼の想いではない。彼の想いは——本当の望みはなんだろう。それともそれは、もうかなえられたものなのか……。

確かめるすべはどこにもない。でも、今はここで、たった二人でいるだけでもいいじゃないか、と摩耶子は思うのだ。

午後はベンチでそのまま昼寝をした。

西日が当たってきて、ようやく目をさました二人は、のんびりと歩き出す。空が赤々と染まっていた。そこだけ確かに秋の気配が感じられた。

「お兄さん、いくつの時にいなくなられたんですか?」

ぬいぐるみがたずねた。

「二十五の時」

「じゃあ、今三十五ですか……」

　しばらく考えていたようだが、

「私は、もっと上のように思います」

「何が？」

「私の歳が」

　摩耶子は思わず声をあげて笑った。

「大丈夫。お兄ちゃん、老《ふ》けてたから」

　何が大丈夫なのかわからないけれども——。

「何も思い出せないですよ」

「頭を打ったのかな」

「こんなに柔らかいのに？」

　自分の頭を手でつつく。ふわりとへこんだ。

「別に頭打たなくても忘れるって言うけどね」

「じゃあ、いったい何があったんでしょう」

「何だろうね」

　こうもりが二人の頭上を横切った。ここら辺では珍しくない。

「見たことある？」

　ずっとこうもりが飛んでいった方をながめていたぬいぐるみは、

「わからない。けど、こんな日にああやって飛んでいくものを見た記憶ぐらい、残ってるんじゃないかな」

あれがこうもりだと教えてくれたのは、兄だった。変なことばかり憶えている。さすがは兄だ。

だったら、ぬいぐるみに変身していてもおかしくはない。

「お願いがあるの」

「何ですか？」

「お芝居でもいいから、言ってほしいことがあるの」

「何？」

「『ただいま』って言って」

ぶたぶたは、空を見上げたままだった。こうもりは、ゆらゆらと遠くに飛び去っていく。それを見送ってから、摩耶子の望みは、かなえられた。

「ただいま」

それは、兄の言い方と似ているようにも似ていないようにも聞こえた。そういえば、我が家では「ただいま」なんて聞いたことがない。帰ってくる場所は、あそこしかなかったからだろうか。

彼にも、そんな場所がどこかにあるんだろうか。

「摩耶子」

名前を呼ばれて、振り返る。逆光の中、誰かが立っていた。

お兄ちゃん、と言いそうになる。

しかし、それは父だった。近づいて初めてわかる。親子なのだ。見間違えても無理はない。

「お父さん……」

「お母さんが電話をくれたんだ」

それだけで話が終わった、と言うように、手に持ったものを上に上げる。すいかだ。緑色のビニール袋を重そうにひっぱっている。

「買ってきた」

すいか丸ごとなんて、十年ぶりだ。大好物だった人間がいなくなってから、めったに食べてない。

「あんた、すいか好きか？」

ぶっきらぼうに父がたずねる。ぬいぐるみは、にっこり笑って、

「はい」

と答えた。

父はうなずくと、背を向けて歩き出そうとしたが、こんな時間に帰ってきたことがない

と思い出したのだろうか。摩耶子と彼に向かって、こう言った。

「ただいま」

そして、また歩き出す。

「僕の頼みも、聞いてもらえますか?」

ぬいぐるみが摩耶子に言った。

「『おかえりなさい』って言ってください」

摩耶子は、歩いていく父と、彼を見比べながら、小さな声で言った。

「おかえりなさい……」

父が、もう一度振り向く。

時は、確実に夜に向かっていた。

もうすぐ、夏が終わる。

桜色を探しに

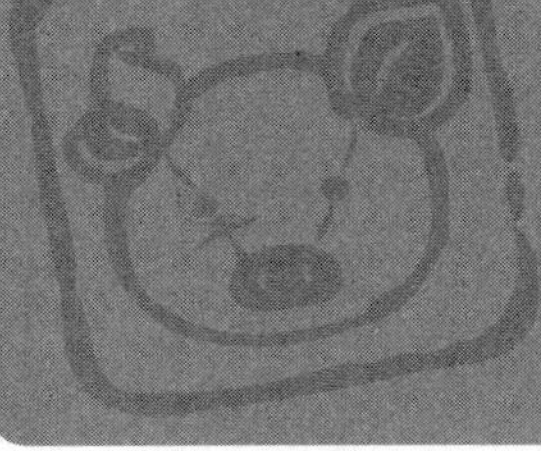

1

東京には、ぶたのぬいぐるみが現れるという。

コンビニで売っていた怪《あや》しげな雑誌に書いてあった。細かい字でびっしり書かれた小さな記事の中に埋もれていたけれども、私は確かに見つけた。

私は高校卒業間近で、四月になったら東京の女子大に通う。そのため、一人暮らしをする予定でもあった。

ぶたのぬいぐるみって、いったい東京のどこにいるんだろう。

私は、その編集部に電話をかけてみた。何度も呼び出し音が鳴って、ようやく人が出る。

「あの、編集部の方は、実際に見たことがあるんですか？」

この記事では、「立ち食いそば屋で生きているぬいぐるみを見た！」となっているが。

「僕は見たことないよ」

編集長、と名乗った男の人が言う。ひどく眠そうな声だった。

「ぬいぐるみは、立ち食いそば屋で何をしてたんですか？」

「そりゃ食べてたんでしょう、そばを」

「はあ」

話が終わってしまう。

「実際に見た人に話は聞けないんですか?」

「うーん、今みんな出払っててさあ、僕一人なんだよねえ」

はっと気がついた。今、時間は一応午前十時だが、土曜日だ。休日に電話してしまったのだろうか。

「どこの立ち食いそば屋で見かけたかってことだけでもわかりませんか?」

それでも訊《き》いてみる。

「うーん……」

受話器から、あくびまじりのとてもめんどくさそうな声が聞こえた。

「あんまりさあ、本気にしない方がいいよ、こんな雑誌。嘘《うそ》が大前提って感じで作ってるんだし。それがわかってて面白がるってことじゃない。真面目《まじめ》になんないで、ね」

それでも私は食い下がった。記事を書いた人からうちへ電話をかけてもらうことを約束させたのだ。

しかし、数時間たっても何もかかってこない。私はあきらめかけていた。「はいはい」って感じだったから、不安だったのだ。

ところが、友だちと会うため出かける直前に、記事を書いた人から本当に電話がかかってきた。

「どうしてそんなこと知りたいんですか？」

言葉にすれば、さっきの人とあまり変わらないようだけれども、実際の口調は優しげだった。若い男の人の声だ。

「一度見てみたいだけです」

私はそう言った。

「そこでは、一度しか見たことないんですか？」

「そうなんですよ。何度か通ってるんだけど」

「どこなんですか？　教えてください」

「東京はわかります？」

そう言われて言葉につまる。東京には一年に一度行くか行かないか――それもたいてい、友だちや親に連れられて、だ。一人でうろうろできる自信はない。

「よくわからないです」

「じゃあ、案内してあげよう」

親切な申し出をしてくれる。

「あの、引っ越してからでもいいですか？」

「東京に引っ越すの？」

「そうです。四月から大学生だから」

「いつ引っ越しなんですか？」

もう明日の日曜日なのだ。

「じゃあ、学校が始まるまでは時間が取れるんですね」

私たちは、水曜日の午後一時に待ち合わせをすることにした。見かけたのが水曜日だったから、というのが一番の理由だ。彼は、私のアパートの最寄りの駅を訊くと、どの車両に乗って、どの改札を出て――と待ち合わせ駅への行き方を教えてくれた。

「近所なんですか？」

「いや、職業柄、移動が多いから」

私が感心すると、彼は照れくさそうに笑った。


電話を切ってすぐに、久仁子《くにこ》と待ち合わせた喫茶店に出かけた。

もう荷造りは終わっている。あとは明日早起きをして東京のアパートへ行って、トラックが来るのを待つだけなので、今日は思いきりしゃべろうと約束したのだ。

彼女は地元の会社に就職が決まっている。もうすっかり化粧も板についていた。すごく久しぶりに会ったような気分になった。

今日起こった出来事をさっそく話すと、久仁子はあきれたように私を見る。

「何て無防備なの、あんたって」

「どうして？」

「だって、会ったこともない男の人に、自分がこれから東京で一人暮らしをするってことを話しちゃったんでしょ？」

「そうだよ」

「危ないじゃない」

「そうかな」

根拠はないが、そんな人とは思えない。

「あんたは世間知らずなんだから……。東京の人とは違う時間を生きてるようなもんなんだよ。人も自分と一緒だなんて思っちゃダメ。ましてや、マスコミの人なんでしょ、その人」

「フリーライターだって言ってた」

「いつ何に利用されるかわかんないよ」

久仁子の方こそ、マスコミの変な情報に影響されているのではないか――と思ったが、それは口には出さなかった。

彼女のいいところは、私のおかしな話も黙って聞いてくれるところだ。ぶたのぬいぐるみを探しに行く、というのを話したって、その点については何も言わなかった。ただ「知らない人には気をつけろ」と説教をしただけだ。

「何でそんな雑誌読んでたの？」

「弟が買ってきてたの。読むものなくなったから、見てたんだよ」

久仁子はちょっとため息をついてから、

「東京に行ったらきっと、そんなにぼーっとしてられないよ」

久仁子も本当は東京で就職がしたかったのだ。けれど、条件の良さで地元にかなうものはなかった。何しろ親のコネで就職できるから。それに、ずっとつきあっている彼氏がいることも離れられない理由の一つだ。多分、数年勤めたら会社を辞めて、家庭に入るんだろう。久仁子自身、そう思っているに違いない。

「あたしは、東京に行ってもあまり変わらないと思うな」

そう私が言うと、久仁子は笑った。

「そうだね。あたしもそんな気がする」

ぶたのぬいぐるみを見つけたら、何か変わるんだろうか――これも、何にも根拠はないけれども。

もうすぐ四月だとは信じられないくらい、寒い朝だった。耳が凍って落ちそうだ。

私は、家族に生まれて初めて深々とお辞儀をしたような気がした。母に引っ越し屋さんとの交渉をまかせて、駅へと急ぐ。

父は、元々一人暮らしに反対していたので、少し機嫌が悪かった。この春、中学三年になる弟は、やけにはしゃいでいる。二階を丸々使えるようになったためか、それとも東京での宿泊所ができたことに喜んでいるのか。多分、両方だろう。

ここから東京のアパートまでは一人だ。あとから家族が、それから久仁子と彼氏の友昭《ともあき》さんも手伝いに来てくれるが、みんな車だ。

二時間たっぷりかかって、ようやく東京に着く。地下鉄や私鉄を乗り継いで、やっと目的のアパートにたどりついた。

駅からの道はそんなに複雑ではないのに、私はもう曲がり角を一つ間違えた。駅から十分弱のはずなのに、ぐるぐると思いがけない散策をするはめになる。桜の大木と、ラブラドールの子犬と、屋根で昼寝をする猫と、変な看板を見つけた。

ラブラドールをさんざんかまって、またうろうろしたところで、ようやくアパートが姿を現した。

築十五年のアパートでの私の部屋は、二階の東南の角だ。窓には、暖かそうな光ががんがんに当たっていた。この日当たりのよさと、静かさが決めた理由だ。そんなにかっこいいアパートではないけれど、実家の自分の部屋と何となく似ていた。日の入り方がそっくりだった。目をさました時、戸惑わないんじゃないか、と思ったのだ。

鍵《かぎ》を取り出して、ドアを開け、狭い玄関から中に入る。四畳半の台所と、奥に六畳、お風呂《ふろ》とトイレもついている。ユニットじゃないのも気に入ったところだ。まだがらんとしていたが、掃除機や洗濯機、冷蔵庫などは置いてあった。ほとんどもらいものだけれど、自分だけのものと思うと無性に愛《いと》しく思えるのはなぜだろう。

部屋は三日前、母と一緒に掃除をしたのできれいだ。でも、自分で縫ったカーテンを開けてみると、ほこりが日に照らされて舞った。部屋中の窓やドアやふすまを開けて、風を通す。

東京も昨日雨だったようだ。けれど、田舎よりもずっと暖かい。窓にもたれて外をながめていると、眠くなってしまう。朝が早かったから――。

玄関のチャイムに起こされる。

あわててドアを開けると、久仁子が立っていた。

「どうしたの、寝ぼけた顔して」

「ちょっと居眠りしちゃって」

久仁子と友昭さんが大声で笑い出した。

三十分くらいして、引っ越しのトラックがやってきた。荷物が次々と運び込まれる。だいたい運び終えた頃に、家族もやってきた。母と二人で、電気や電話やガス会社の対応に追われる。荷物は、指図するだけで部屋の然《しか》るべきところに置かれていた。

少ない荷物を六人で整理をしたら、すぐに終わってしまった。今日引っ越してきたばかりとは思えない。ずっと前から住んでいるみたいに整頓《せいとん》された部屋になった。

「姉貴、荷物少ねえなあ」

弟が初めて発見したように言う。家に置いてきたものもかなりあるから、自分でも驚くほど殺風景《さっぷうけい》だ。

「引っ越し祝いに、花を買ってあげるよ」

久仁子と友昭さんが言ってくれる。

「本当？」

二人は近所の花屋に走って、チューリップとバラの花束を買ってくる。玄関と六畳のテーブルに飾ると、それだけで明るくなった。

「この部屋に、花はかかせないね」

母が言う。その声は、少し淋《さび》しそうに聞こえた。

家族たちも帰り、初めての一人暮らしの夜、どんな感慨《かんがい》があるものか、と期待をしていたのだが、疲れてそれどころではなかった。お風呂に入ってベッドに横になったら、すぐに眠ってしまった。東京での初めての夢も憶《おぼ》えていないほどの熟睡だった。

月曜日火曜日と、周辺をよく知るために散歩ばかりする。大きな本屋やビデオレンタル店、コーヒーがおいしい喫茶店も見つけた。スーパーで食料や鍋《なべ》を買い、食事を作った。やることはいくらでもあるようだったが、何もしたくなければしなくていいという時間が楽しくてたまらない。まだそんなに淋しいとは思っていなかった。電話もほとんど使わない。静かなものだった。

ところが、水曜日は全然違った。朝起きた時から、どきどきしていたのだ。

今までとはまったく違う朝に、私は戸惑っていた。いったい何でこんなにあわてているのか、さっぱりわからない。会ったことのない男の人に会うせいか、それともあのぬいぐるみのことを聞きに行くせいか――どっちなんだろう。

今頃こんなにあわてているなんて久仁子が知ったら、どんな顔をするだろう。

とにかく、遅れないようにしないといけない。充分な余裕を持って、私はアパートを駆け出た。

待ち合わせは、JR新宿駅南口の改札を出たところ、と指定されていた。目印は、例の雑誌だ。彼が持ってくると言っていた。

何とか時間よりも早く着いたのだが、迷うと困るので、じっと何もしないで立っていた。読みたい本があったけれども、見逃《みのが》すといけないと思って、我慢する。

時間ぴったりにその人は現れた。雑誌を持っていたわけではなかったが、何となく人を探しているようなので、すぐにわかった。

その人も同じように私に気がついたのか、近寄ってくる。脇《わき》に抱えていた雑誌を出して、私に見せた。

「はじめまして」

私は笑ってうなずく。予想どおり、若い人だった。私よりも年上だろうが、せいぜい二十代の半ばだろう。マスコミの人というより、学生のような格好をしていた。

「待ちましたか？」

「いえ、そんなに」

せいぜい五分程度だ。それに、時間に遅れたわけではない。礼儀正しい雰囲気《ふんいき》に、私も緊張する。

「じゃあ、そこらでお茶でも——」

「はい」

彼が先に立って歩き出した。私はひょろりと背の高い方なのだが、彼もそんな感じだ。私よりも、ほんの少し背が高かった。今日みたいに中ヒールのブーツでも、私の方が男の人よりも高くなってしまうことが珍しくないので、ちょっとうれしかった。

喫茶店で注文をすませると、彼は名刺を取り出して、私に差し出した。

「フリーライター……」

　よく聞く肩書きだけど、どんなものだかよくわからない。

「こういう雑誌とか、パソコン誌とか、その他いろいろ書いたり、編集したりしてるんです」

「はあ、すごいですねえ」

「別にすごくはないですよ。学生の頃のバイトの延長みたいなものだから」

　彼は、少し笑って言った。

「私は名刺、ないんです。ごめんなさい」

「そんなのかまわないですよ」

　ウエイターがコーヒーを持ってきた時、彼は私に向かって灰皿を指し示した。何のことだかわからず首を振ると、彼はその灰皿をウエイターに渡してしまう。

　彼は煙草《たばこ》を吸わないようだった。私の周りの男の人は、みんな吸うのでとても珍しく見える。父も先生も、同級生たちも、それから弟でさえ隠れて吸っている。私はもちろん吸わないけれど。

「ところで、よくあんな記事見つけましたね。というか、あの雑誌を購読してるの？」

「弟が買ってきてたんです、あの雑誌。引っ越しの荷造りが終わって、読む本もみんな詰めちゃったもんだから、それで読んでて——見つけました。……活字だったら何でも読むんで」

どちらかといえば、男性向けの雑誌ではあったので、ちょっとつけ加える。弟は、母に見つかって、取り上げられていたのだ。

「でも、それで編集部に電話してくるって、相当気になったんですね。どうして？」

そう訊かれても、なかなか答えられない。

「気がついたら電話をしていた、という感じで——」

そう言うと、彼は楽しそうに笑った。

「本気にしたんですか？」

その言葉に、私は少し悲しくなった。久仁子の言ったとおりだったのかな……。

「嘘《うそ》の記事なんですか？」

「嘘だって思いますよね、たいていの人は」

私は何も言えなかった。そう思わなかった人間がここにいる。

「誰も気に留めないよな、あんな記事」

彼の言葉は、独り言のように聞こえた。

「でも、あれ、本当なんですよ」

「……本当？」

「君まで疑うような目で見ないでよ」

私はあわてて首を振った。

「僕がこの目で見たんだから」

「本当……ですか？」

私は、バカみたいにくり返した。

「誰も信じてくれなかったけど——って言うか、誰にも本当だなんて言わなかったけど、本当ですよ」

その言葉を聞いて、私は安心する。

「というか、誰も気に留めてくれなかったよ。すごい思いきったこと書いたって、自分では思ったんだけど」

「どこで見たのか、くわしいこと教えてください」

「くわしいっていうか、あそこに書いてある以上のものはないんだけど。でも実は、立ち食いそば屋っていうのは嘘なんです。本当は、売店で牛乳を飲んでた」

「売店で牛乳⁈」

立ち食いそばもすごいけど、牛乳っていうのは……ぬいぐるみなのに。

「駅の売店なんですか？」

「そう。すごい飲みっぷりだったんだよ」

思い出し笑いをしている彼の顔は、子供のようだった。

「そこ……案内してくれます？」

「いいですよ。地下なんだけどね」

彼が案内してくれたのは、都営地下鉄の売店だった。新宿駅の南口を降りて、すぐのところだ。何の変哲もない普通の売店で、とてもぬいぐるみが牛乳を飲みにやってくるようには見えない。

「訊いてみる？」

「ええ」

売店の中には、おばさんが一人立っていた。私は、ただ訊くのも悪いと思って、牛乳を頼む。

「あの、ここでぬいぐるみが牛乳を飲んでたって聞いたんですけど」

言ったあとで彼を見ると、何だかびっくりしたような顔をしていた。

「ああ、来ますよ」

おばさんの答えも、実に単刀直入だった。あっさりと肯定《こうてい》されるとは。朝と同じ、激しい鼓動が私の胸にこだました。

「暑い時期はけっこうね。今は寒いから、ほとんど来ないけど。ぶたのぬいぐるみでしょ？」

「そうです！　あたし、そのぬいぐるみを探してるんですけど……」

「探してるって言っても、どこにいるかあたしは知りませんけどねえ……。でも、確かいつも、そっちの出口から出ていたと思いましたよ」

おばさんは、目の前の階段を指さした。

「あの……変だと思いませんでした？」

「え？　うーん、まあ最初はね。でも、ちゃんとお金払っていただくわけだし、よく来てくれれば、普通のお客さんですよ。かわいいしね」

特に気にしている様子はない。

「また来たら、教えてもらえません？」

「あぁー、でも……あたし、駅変わるんですよ、四月で」

「じゃ、引き継ぎの人に、伝えていただけませんか？」

私は、メモ帳に電話番号を書いて渡した。おばさんは、きょとんとした顔で私を見ている。

「お願いします」

ぺこりと頭を下げてきびすを返すと、「ありがとうございましたー」と声がかかった。

おばさんが指さした階段を昇りながら、彼が感心したように言う。

「よくあんなふうに単刀直入に訊けたね」

「初めて見た時、訊かなかったんですか？」

「うん……普通の取材だったら、訊けるはずなんだけど……あれに関しては、見ただけで書いてしまった。あとはつけたけど、ここを出たところで見失ってね。いつもは、その先も必ず調べるのに」

「どうして？」

彼は、急に押し黙ってしまった。何かを考えているようだった。

「おばさんに言っても、信じてもらえないと思った？」

「うん……そうかもしれない」

私たちは、地上に出た。けれど、別に何てことのない、さっきまで歩いていた風景があっただけだ。

目の前に、西新宿の高層ビルが建ち並んでいる。こんなところに、ぶたのぬいぐるみがやってくるなんて……もう、どう探したらいいのか、見当がつかない。

あたりを見回していると、ふいに目の前に桜の花びらが落ちてきた。とっさに掌《てのひら》で受け止める。少しくたびれた色をしていた。桜の木なんてどこにも見えないから、遠いところから旅をしてきたんだろう。

彼がつぶやく。

「やっぱり、どうすればいいのか、わかんないや」

言葉だけなら投げやりだが、それだけではないように聞こえた。彼の声は、とても前向きだったのだ。

「ずっとそのぬいぐるみを探してるんですか？」

「そうです」

「じゃあ、あたしも探します。あたしも見つけたら、あなたに連絡します」

私は、さっきおばさんに渡したのと同じメモを、彼にも差し出した。彼は、私がつまんでいた桜の花びらをちらりと見て、

「そんなような色をしているんだよ」

と言った。私は、それを自分の手帳にはさみこむ。

「どうしてあのぬいぐるみのこと、探そうと思うの？」

私は首を振る。

「わからないけど、気になるんです」

私たちは、そんなおかしな約束をして、別れた。ぬいぐるみは見つからなかったけれども、少し心強くなったように思えた。

2

学校が始まると、すぐに友だちができた。

高校生の頃とは全然違う生活に、あっという間に巻き込まれたという感じだった。サークルに入って、お酒を飲みに行く機会も増えたし、合コンにもたまに誘われるし、近所の喫茶店でバイトも始めた。

初めての恋人は、そのバイト先で知り合った大学生だった。バイト帰りに一緒に食事や飲みに行ったりしているうちに、泊まっていくようになったのだ。

でも、彼がバイトを辞めてからは、あまり連絡もなくなり、つきあっているのか自然消滅なのか、判別がつかない時期が長く続いた。

この間、それにようやくけりをつけたところだ。

なのに――だからなのか、私はけっこう落ち込んでしまった。中途半端な時期が長かったからだろうか。何だか時間を無駄にしてしまったように思えたのだ。あのぬいぐるみを探す、と決意していたのに、それらしいことはほとんどしていなかった。恋人のせいにはしたくないが、やはり一人でいるのが少しつらくなりかけた頃に出会ったからなのかもしれない。

友だちがなぐさめてくれるというので、夕刻の渋谷に出向く。住み始めた頃はおぼつかなかったけれども、一年近く住むと、さすがに慣れてきた。

スクランブル交差点で信号待ちをしていると、急ブレーキの音があたりに響き渡った。驚いてその方向を見ると、何かが宙を飛んだのが見えた。小さい、薄い色のものだ。最初はピンク色のバレーボールかと思った――。

「ああっ⁈」

私は、思わず声をあげた。

ぬいぐるみだ！　確かにあれは、ぶたのぬいぐるみ……！

交差点の真ん中に落ちたピンク色のそれをもっとよく見ようと、私は車道に出ようとした。その時、誰かがそれに駆け寄り、すばやく抱え上げると、向こう側に駆けていく。

「待って！」

飛び出ようとしたところに、車が通り過ぎた。背後から腕をつかまれる。

「離して‼」

私が自殺するとでも勘違いをしたのか、腕をつかんでいる人たちは、決して離そうとしない。

ようやく信号が変わる。腕を振り払った私は、ぬいぐるみを抱えていった人のあとを追ったが、もうどこにも姿が見えない。

歩いている人を片っ端からつかまえてたずねてみたが、誰もが首を振る。

三十分くらい、私は渋谷の街を走り回った。けれど、ぬいぐるみの姿はどこにもない。

私が見たのは幻《まぼろし》だったんだろうか。

「そうだ……！」

彼に連絡しなきゃ……！

電話ボックスに飛び込むと、手帳にはさみっぱなしになっていた名刺を取り出す。震える指で電話番号を押すと、すぐに彼の声が聞こえた。

「はい、もしもし――」

「もしもし、見たの！　ぬいぐるみをあたしも見たんです！」

受話器に向かって叫ぶと、少しの沈黙ののち、

「どこで？」

「渋谷。駅前のスクランブル交差点で。車に、車に轢《ひ》かれて――！」

「えっ、轢かれた?!」

彼の声がいきなり大きくなって、私は受話器を取り落としそうになる。

「今、渋谷にいるんだね？」

「はい」

「待ってられる？」

「はい、待ちます」

「すぐ行くから。渡ったところで待ってて」

それから十五分ほどして、彼は本当にやってきた。バイクに乗って、ヘルメットもはずさずに、ガードレールの上に座り込んでいる私のところに駆け寄ってきた。

「轢かれたってどこで？」

「この交差点で……真ん中に落ちて……。もっとよく確かめようとしたんだけど、誰かが拾ってどこかに行ってしまったの」

「探した？」

「ずっと人に訊いて回ったんだけど、誰も知らない……」

私は、涙があふれるのを感じた。我慢をしようとしても、できない。ぼろぼろと堤防の決壊《けっかい》のように流れてくる。

彼は、私にタオルを渡すと、雑踏の中に飛び込んでいった。

車に轢かれたあのぬいぐるみは、いったいどうなったのだろう。私は、タオルで涙をぬぐいながら思った。あんな小さいなんて……それが、あんなに飛ぶなんて……。

「……だめだ」

あたりがすっかり暗くなってから、彼が肩を落として戻ってきた。さっきはまだ明るかったのに。

「どこに行ったのか、全然見当がつかない……」

私は、彼にタオルを差し出した。彼も、泣いているみたいに見えたからだ。

でも彼は、泣いているわけではなかった。ただ悲しそうな顔をしていただけだ。私はタオルを自分のバッグにしまって、あとで洗って返そうと思った。

私たちは、しばらく二人でガードレールに座り込んでいた。私の涙ももう止まっていたが、歩く気力さえなかったのだ。

恋人と別れた時よりも、ずっと悲しかった——。

「あっ！」

思い出した。友だちと待ち合わせをしているのだ。私は携帯電話を持っていないから、もしかしてずっと待たせているのかも——！

私の声に、彼も顔を上げた。

「どうも……久しぶり」

二人とも、今ばったり会ったみたいに頭を下げた。

「僕は相変わらずだけど……元気ですか？」

「あ、はい……」

「だいぶ東京での生活にも慣れた？」

「ええ、もう一人でも大丈夫です」

友だちを待たせているとわかっていながら、私は立ち上がれなかった。おかしな状況であっても、再会は再会だ。ほんの一年前なのに——あるいは一年前だからなのか、すごく懐かしく感じた。

彼は、初めて会った時よりも髪が短くなっていて、私は反対に長くなっていた。あの時はすっぴんだったが、今は少しだけ化粧をしている。

「どうやって轢かれたの？」

「え？」

「そのぬいぐるみは、どうして轢かれたの？　自分から飛び込んだの？」

「それは……」

答えようとして思い立った。私は、轢かれた瞬間を見ていない。というよりも、宙に舞ったぬいぐるみしか見ていないのだ。そのぬいぐるみは、彼が見たように牛乳を飲んでいたりもしていなかった。歩いているところを見たわけじゃない。倒れて、ただの布きれみたいになっているところを見ただけなのに……。

「あたし、それだけであなたを呼んじゃったよ……勘違いかもしれないのに……」

申し訳ないのと、倒れたぬいぐるみの哀《あわ》れさに、また涙が出そうになる。

「いや、それは俺たちが探しているぬいぐるみだよ」

彼のきっぱりした声に、私は顔を上げる。

「きっと大丈夫。死んだりしない」

「……そうですよね。ぬいぐるみだもん」

私は、ようやく笑うことができる。

「ピンク色の……桜色の、ぶたのぬいぐるみですよね？」

「そうだ」

手帳をのぞくと、はさみこんだはずの桜の花びらはどこにもなかった。さっき彼の名刺を出す時にこぼれたのか、そのずっと前になくなっていたのか……。

「バレーボールくらいの大きさ?」

「そう」

「あたし、もっと大きいかと思っていたけど……」

「どうして?」

「さあ……どうしてだろ」

私たちは、しばらく渋谷の雑踏をながめていた。私は、この中に、ひょっこりとあのぬいぐるみが現れるんじゃないかと思っていたのだが、彼はどうだろう。

「何か用事だったんじゃないの?」

「あー……友だちと待ち合わせが」

「じゃあ、俺はもう帰るから。電話ありがとう」

「お役には立てなかったけど……」

「それはお互いさまだよ。またこっちからも連絡するから」

「あたしも電話します」

私たちは、また約束をして別れた。

私は、待ち合わせに二時間近く遅刻してしまった。友だちは、感心なことに待っていてくれたが、当然かんかんに怒っていた。しかも、私がちっとも落ち込んでいなかったものだから、結局その晩は、私がおごるはめにおちいったのであった。

3

それからまた半年が過ぎた。

私は、まだ彼にタオルを返していない。

洗って、いつでも返せるように、いつもバッグに入れている。そのせいで、何となく使ってしまうことが多くて、ずいぶんへたってきてしまった。

これをこのまま返すのは忍びない。

学校帰りに原宿へ行った時、新しいタオルを買おうと思い立った。

彼が貸してくれたのは、ロゴも入っていない空色の小さなハンドタオルだ。それと同じようなものを探そうとしたが、なかなか見つからない。こういうところではなく、デパートへ行った方がよさそうだ。

たまたま思い出した時に目についた店で買おうとしたのが間違いだったか——と私は階段を降りながら思う。そこは、大きなおもちゃ屋だったのだ。タオルはたくさん売っている。けれど、彼にキティちゃんのタオルをあげるわけにもいかない。

そこの二階には、ぬいぐるみ売り場がある。私はふと、足を止めた。この店にはあまり来ないし、ぬいぐるみ売り場になど、ここ数年訪れることもなかった。何しろあのぬいぐるみは、売っていないのだから。

けれど、なぜか私は、その売り場に入っていった。どうしてだろう。たくさんのぬいぐるみの中に、あのぬいぐるみに似ているものなど、一つもなかったのに。

ひと回りして、私は帰ろうとした。でもどうしたのか、足が動かない。何かが私を引き留める。何かをしなければいけない気がするのだ。

でも、それが何だかわからない……。

「何かお探しですか?」

背後から声をかけられた。柔らかな男性の声だった。

振り向くと、にこにこと笑った中年男性が立っていた。おもちゃ屋の制服を着ている。

「贈り物ですか?」

「いえ……いいです」

私は笑って言葉を濁《にご》すと、あわてて階段を駆け降りようとしたが、思い直して振り向く。

「あの……」

「はい? 何でしょう」

店員さんが近寄ってくる。

「こんなようなぬいぐるみがここに……置いてありませんか?」

私は、ぬいぐるみの特徴を話した。本当は、「いませんか?」と言いたかったのだが、それは我慢する。

「そうですね――そういうのはうちでは扱ってませんが」

「そうですか……」

店員さんは、他のぶたのぬいぐるみを見せてくれたが、どれも違っていた。私はお礼を言って、おもちゃ屋から出る。

しばらく歩いてから、もう一度振り返る。

何だったんだろう。どうしてあそこで、あんなに動けなくなったのか……いくら考えても何も思い浮かばない。なぜあんなことをたずねたんだろう。答えはわかりきっているのに。あのぬいぐるみは、売り物なんかじゃないのだ。

あまりにも気になったものだから、タオルを買おうとしていたことを忘れて、家に帰ってしまう。

夜になっても気持ちはおさまらない。話を聞いてもらわなきゃ――彼に。

たまらなく彼と話したかった。今日感じた気持ちを、彼ならきっと聞いてくれるだろう。ぬいぐるみとは関係ないかもしれないが、そうでなくたって話していいはずだ。

家族とも友だちとも違う感情があった。彼と私は、同じものを追いかけて生きている。彼以外に話せる人は、考えつかなかった。

時間はどんどん過ぎていって、電話をするのに非常識な時刻になりつつあった。フリーの仕事だから、いつ電話してもいい、とは言っていたけれども、なぜだか気が引ける。

迷ったあげく、ようやく受話器に手を伸ばした時、電話が鳴った。

偶然に驚いて急いで取ると、流れてきたのは今考えていた彼の声だった。

「もしもし。夜遅くすみません」

「あ……こんばんは」

今、電話しようとしてたんだけど——とは言わなかった。

「今、大丈夫かな」

「ええ、平気です」

「あの、いきなりで悪いんだけど、今度、一緒に食事なんかどうかと思って」

「えっ?!」

そんなことを言われるとは思っていなかったので、私は必要以上に驚いてしまう。

「時間はあるかな?」

「あるけど……どうしたんですか、いきなり」

「あのぬいぐるみだよ」

「え？　ぬいぐるみ？　それと食事がどう関係――」

「うわっ、ごめん！」

何かあわてた様子で、言葉をさえぎる。

「今度の金曜日なんかは？」

「あいてます」

失恋してから特定のボーイフレンドはいないので。

「じゃあ、新宿駅の南口に六時。ごめん、それじゃまた！」

ぶちっと電話は切れてしまう。

「何なの……？」

私は、受話器を握りしめたまま、ひとりごちた。

でも、会って話せるのだ。電話でもいいけれど、直接話した方が楽しそう。こんなちゃんとした形で会うというのは、今回が初めてではないか。

知り合ってもう、一年半になるというのに。

何だか変な関係だ、と一人でくすくす笑った。

待ち合わせ場所にやってきた彼の姿を見て、私は唖然《あぜん》とした。

スーツを着ている。

「いったいどうしたの⁉」

思わず大きな声が出た。周りの人が振り向くぐらい。彼は、困ったような、照れくさいような表情を浮かべながら言う。

「今日行くところ、フランス料理なんだよ」

「ええー、前もって言ってくれたらよかったのにー！」

せいぜいイタリアンぐらいだと思って、思いきりカジュアルなのに。

「平気だよ、スカートだから」

そんなことをすまして言う。釣り合いってものがあるのだ。

「あっちに車停めてあるから、早く行こう」

「ここら辺じゃないんですか⁉」

「ここから車で一時間くらいのとこかな」

「えー⁉」

わけもわからず、私は車に乗せられた。

「どこ行くんですか？」

「多摩の方」

またすまして言われてしまった。

金曜日なので道が混んでいるが、いつもよりは流れているらしい。

「一応予約は七時半なんだけど、何とか間に合いそうだな」

「何で突然、そんなところに……。ぬいぐるみがどうとかって言ってましたよね？」

「そうだよ。そこのレストランで、あのぬいぐるみが、昔シェフをしてたんだって」

「ええっ⁈」

ぬいぐるみがシェフ⁈

「どうしてそんなこと、わかったの？」

「支配人に話を聞いてみたんだよ。前のオーナーの時のことなんだって。フランスに修業しに行って、それからどうしたかはよくわからないそうだけど」

フランスに修業って……？

「料理人としての修業？」

「そうだって言ってたよ」

新宿にいたんじゃないの？　それより、半年前の事故はいったい何だったんだろう。

「これからそのレストランで、もっと詳しい話を聞くの？」

「いや、この間だいぶ話は聞いたよ。君を見習って。でも、今言った以上のことはもう、その店の支配人も今のオーナーも知らないと思う」

「じゃあ、どうして行くの？」

その問いへの返事は、信号で止まった時だった。だいぶ間があいてから。

「せっかく見つけたレストランだから、食事に連れていってあげたかったんだよ」

彼は、私の顔をのぞきこむ。

「そんな顔、すんな」

「どんな顔してるのよ」

「すごく驚いたような顔してるよ」

「そう?」

確かに驚いている。

「でも、よかった。あたしも、会って話したいことがあったの」

私は、おもちゃ屋で感じた気配みたいなものを、彼に話した。彼も、私と同じような気持ちを、そのレストランで食事中に感じたという。

「気になってしょうがなかったから、支配人を呼んで、訊いてみたんだよ。そしたら、案《あん》の定《じょう》――」

「それで、うちに電話してきたの?」

「そう。すぐに」

そこで私は気がついた。こんなスーツを着ていくようなレストランに、一人で行くわけはない。ましてや男同士なんて、もってのほかだ。

「食事中に?」

「そう」

「連れの人は怒らなかった？」

彼は、一瞬だけ私を見たが、すぐに視線を前に戻した。

「怒った。トイレに行くふりして、ケータイで電話してたら、見つかったんだよ」

なるほど、それであんなにあわててたわけか。

「彼女？」

「まあ、そうだな。いや、そうだったな」

「そうだった？」

「自分との食事中に、別の女に電話かけてる男なんか最低、だってさ」

——それは……無理もない。

「しかも、今週は仕事が詰まってて、君と会うためには今日の予定をキャンセルするしかなかった。その予定っていうのが、彼女との約束だったんだよな。それも聞かれたから——」

「どうなったの？」

「ふられた。きっぱりと」

「あー……あたしのせい？」

「いや、違う。強《し》いて言うなら、あのぬいぐるみのせいだな」

それは何だか、相手の女の人がちょっとかわいそうだ。でも、そうなんだから仕方がないか。

「前に会った時、あたしも失恋したばっかりだったの」

驚いたような顔を、また私に向ける。

「でもその時は、ぬいぐるみのおかげで、あんまり悲しくなかったよ」

彼は、大きな笑い声をあげた。

「まったく、いいんだか悪いんだか――」

本当にそうだ。いったいあのぬいぐるみって、何者？

レストランの料理は、とてもおいしかった。車で来たので、彼はワインに少し口をつけた程度だったが、私は相当飲んだ。彼も私もお酒が好きだというのが初めてわかったので、今度は一緒に飲みに行こうと約束する。

まともに話したのはこの夜が初めてだったのに、ずっと前からの知り合い――いや、まるで幼なじみのようだった。

それは多分、お互いの生まれ育った場所が、非常に近かったことにも関係していた。私は、今の実家こそ東京ではないが、生まれは東京で、四歳まで住んでいた。彼はその反対に、四歳で東京に引っ越してきた。その住所が、同じ区内で、しかも隣町。

彼は私よりも五つ上だから、私が生まれた時にはもうご近所さんだったのだ。すれ違っていた可能性はとても高い。憶えは、残念ながらないけれども。

人見知りをする方の私も、それを知ってから、ずいぶんと砕《くだ》けて話せるようになった。

「フランス料理なんて、よく行くの？」

私は酔っぱらって、いろいろ質問をしてしまう。学生みたいに見えるけど、一応社会人なのだ。少なくとも私よりはお金を持っている。はず。

「うまくて安ければ行くけど……。ここはうまいけど、ちょっと高いかな。でも、知り合いのグルメライターに聞いたら――」

ここで声を潜める。

「前のオーナーの時の、初代シェフの時が、一番うまかったんだって」

「それってもしかして――」

「そう。ぬいぐるみなんだよ」

私は笑いをこらえるのに一苦労だった。

「そんなの、反則だわ。第一、ぬいぐるみなのに、どうして火が扱えるの？　料理しながら、自分が燃えちゃう――」

「ちゃんと扱えば大丈夫なもんなんだよ」

訳知り顔で、彼が言う。ちょっと得意そうな言い方をしていた。

「どうしてそんなこと、知ってるの？」

私がたずねても、彼は笑って答えてくれなかった。

4

その日から、私は彼と頻繁《ひんぱん》に会うようになった。

飲みに行くことが圧倒的に多いが、平日に自由がきく人間同士なので、休日に行ったら死ぬほど混むところへもよく行っている。ディズニーランドとか。

端《はた》から見れば、恋人同士と思われるのだろうが、私たちは友だちだと思っているのだ。

「誰も信じないよ、それ」

久仁子は言う。

「そうかな？」

「あたしは、関係はどうあれ、あのおかしな電話をした相手と、今でもつきあいがあるって方に驚くけどね」

久仁子は、もうすぐ——この春、結婚をするのだ。予想通り、友昭さんのところへお嫁に行く。私は、結婚前夜の久仁子のために実家に帰ってきていた。ちょうど二年前の春の時とは反対の立場だ。今度は、私が見送る方。

あの時と同じ喫茶店で、私たちは話し込んだ。

「でも、不思議な縁かもしれないよ」

「縁って、何が?」

「その人とあんたよ。面白い出逢《であ》い方だし——。どうせなら、つきあえば?」

「うーん……」

何だか会えば会うほど、本当の幼なじみみたいになっていくのだ。全然接点がないのに、子供時代を共有しているというか——心地好くて、安心できる人。でもそれは、このままだからこそ存在する。

「まあ、つきあうつきあわないは二人の勝手だからいいんだけどさ。あたしにはもっと、それより気になることがある」

「何?」

いったい何があると言うの?

「どうしてあんたたち二人は、そんなにあのぬいぐるみにこだわるの?」

「……それは……」

とっさに答えようとしても、何も出てこなかった。そんなこと、二人でも、自分一人でもちゃんと考えたことがない。ただ気になるだけなのだ。

「あんたはそうかもしれないよ。じゃあ、どうして彼に訊かないの?」

「そういえば、訊いたことない」

避けていたわけではなく、そんなこと訊くまでもなく私と同じだと思っていたみたいだ。

「訊きたいと思う？」

「……うん」

どうしてあんなに訳知り顔だったのか、とその時思い出した。何かを知っているのかもしれない、彼は。

「東京に帰ったら、訊いてみるよ」

久仁子は笑ってうなずく。

自分のことも、考えてみないといけないだろうか。私も、何かを忘れているのかも——。


東京に帰ると、私が電話をかけるまでもなく、彼から誘いがあった。

「花見に行こう」

「どこの桜？」

「それはまかせてよ」

初めて会った時から、ちょうど二年がたっていた。二度も花見をする機会があったのに、二人でするのは今回が初めてだ。その頃は二人とも、ぬいぐるみを探すことしかつながりがなかったから。

同じ二人で探すのでも、一人ずつと二人一緒では、何となくだが違う。あの原宿のおもちゃ屋にも、新宿駅地下の売店にも、渋谷の交差点にも、フレンチレストランにさえも何度か行ったけれども、一人で感じる気持ちと、二人で感じる気持ちは、説明できないけれども違うのだ。

それは、私と彼の気持ちが、微妙に違うからかもしれない。ぬいぐるみに対しての。

彼が連れてきてくれたところは、彼の実家の近所であり、私が生まれたところの近所でもある、ほとんどが草原《くさはら》の大きな公園だった。見事に桜が咲き乱れていたが、人はまばらにしかいない。土曜日の午後や、日曜日になると賑《にぎ》わうのだと言う。平日の午後に来れる人間にとっては、とてもありがたい。

二人で桜を見ながら、昼間からビールを飲んだ。うるさく騒ぐ人も、走り回る子供もいない。多分、みんな静かに花見がしたい人ばかりなんだろう。私も、花見なんてたくさんの人と騒ぐことしか思いつかなかった。

時間がゆっくり流れていた。私は訊きたいことはあったけれども、桜を満喫《まんきつ》したくて、あんまり話をしなかった。

「ここら辺には、よく自転車で遊びに来たよ」

「いいよね、広くて。野原って感じで」

ゆるい起伏や低い木がたくさんあって、都会としては贅沢《ぜいたく》なところなんだろう。もっとも私の田舎にも、山はあってもこう広々としたところはあまりない。

「あたしも子供の頃、ここを散歩してたんだろうな」

彼の家より、私が住んでいたところの方がここに近い。母と多分、何度も来たんだろう。

風は少し冷たかったが、日向《ひなた》は暖かで、緑のいい匂《にお》いがする午後だった。二人きりでいるみたいで、私はますます黙り込む。

ビールがなくなった頃、ようやく思っていたことを口に出す勇気が出てきた。

「ねえ、どうしてあたしたちって、あんなにぬいぐるみのこと気にするんだろう」

彼が、私の方に振り向く。ずっと桜を見ていたのだ。

「あたしはよくわからないの。何でこんなに気になるのか。せめて説明のためにも、何か似たような感情を探そうとしてるんだけど……どうしてもつかめないの」

花びらが散ってきて、私は思わず手を差し伸べる。私が探している色だ。

でも花びらは、するりと私の指を滑り落ちていく。

「俺は、何となくわかるよ」

「……っていうことは、あなたは自分のことがわかってるってことでしょう?」

彼は、意味深げに笑みを返す。

「何なのよ、いったい……」

「お、もうすぐ四時だ」

彼は突然立ち上がり、缶やシートを片づけ始める。

「何？　もう帰るの？」

「いや、場所を変えるだけだ。ついてきて」

すたすたと出口を目指す彼のあとを、私はあわてて追いかけた。

着いたのは、その公園から地下鉄で二駅ほどの遊園地だった。

ところが、彼は入場券も買わずに入っていってしまう。

「ちょっと、いいの?!」

「いいんだよ、ほら」

指さす方を見ると――花見の季節は、午後四時から入場無料、と看板に書いてある。

「へー、いいね、これ。知らなかった」

園内には、ちゃんと花見用のテーブルが出ていて、周りはずらりと屋台になっていた。

何もないところでただ桜を見ていただけなので、ギャップが大きい。

それでも私たちは、嬉々《きき》としてビールを飲んだ。乗り物にも乗った。百円でできるゲームもたくさんやった。

暗くなるまで私たちは遊んだが、

「何だか花見って感じがしないね」

と私が言うと、彼もうなずく。

「じゃあ、最後のとっときのところに案内してあげよう」

彼は、園内の奥へと突き進んでいく。暗いし、人がどんどん少なくなる。

ついに、誰もいなくなってしまった。しかも、街灯も消されていて真っ暗だ。目の前に、低めの生垣《いけがき》があることだけはわかるが。

「どこ行くの～……？」

彼は周囲を見回すと、突然その生垣をよじ登り始めた。

「何するの⁈」

「しっ、早く登って」

「ええ～、そんな……」

「大丈夫、スカートじゃないだろ？」

だから、そういう問題じゃないって。

私の自力はほとんど使われず、引き上げられて生垣——ではなく、実はフェンスを乗り越えた。

降り立った場所は——何とプールだった。夏は大勢の人で賑わうけれども、今はがらんとして殺風景なプール。水は張ってあるけれども、ひどく無機質な感じがした。苔《こけ》の臭《にお》いがする。

「こっちこっち」

すでに彼は、先を急いでいた。あわてて追いかけると、巨大滑り台の階段の下で、私を待っていた。

「何？」

「登るんだよ」

「ええー?!」

これも半ばむりやり、私は登らされた。長さ百メートルはあろうかという滑り台の階段だ。夜空に立てかけてあるみたいに見える。

「見つかるよ～……」

「平気だよ。ほら、早く」

自信ありげに言うところを見ると、何度もやってるんだろうか。

「文句は、てっぺんに行ったら言ってくれ」

そんな元気はとてもなさそうだ。緊張と高さで、心臓がばくばく言っている。

しかし――てっぺんに立って下を見たら、今までの息切れが消えた。

「わー……」

自然に声がもれる。

そこは、遊園地をパノラマのように見渡せる絶景の場所だったのだ。

「桜が……雲みたい……」

園のほとんどを埋め尽くす桜は、すべてライトアップされているので、上から見ると、まるで浮かんでいるように見える。雲海《うんかい》とまではとても言えないが、ピンクの羊雲《ひつじぐも》の群に囲まれているみたいだった。

立っていると見つかりそうなので、私たちは座り込んで身を縮《ちぢ》めて、桜を見つめていた。それでも充分見下ろせる。それくらいここは高くて、気分がいい。しかも、ここからの夜景も、そんなに悪くない。

「いいだろ？」

「いいけど……どうしてこんなとこ知ってるの？」

「花見にいいって知ったのは、二年前だな。あのぬいぐるみを見つけた直後」

思いがけない言葉に、私は桜から視線をひきはがす。

「探したんだよ、どこから忍び込めるのか。表からはもう無理だって知ってる。身体《からだ》も大きくなっちゃったし。結局、入場してから入るのが、一番簡単だってわかったんだけどね」

「……初めてじゃないの？」

「子供の頃——小学三年の頃に、何度かね。その時は真冬だったけど。すっげえ寒かったよ」

　それとぬいぐるみが、どう関係あるの——と口を開きかけた時、彼は言った。

「俺、ここに家出したことあったんだ」

「家出？　何で？」

「子供だったから、理由なんか大したことなかった。それに、大人に説明したことなんて、ただの言い訳に過ぎなかったし」

　彼はいったん言葉を切ると、大きなため息をついた。

「ただ、一緒にいたい奴が、ここにいただけなんだよ」

　彼の言葉を聞いて、私の中にあったかすかな記憶が呼び起こされたような気がした。

「ここに登って桜を見た時、そいつの後ろ姿を思い出したんだ」

　とても小さな、だけど大切な思い出。

「俺は、そいつと一緒にいたかっただけだったんだよ」

　そう。その気持ち、すごくよくわかる。

「よくわかるよ」

　私の返事に、彼は振り向く。泣いても悲しんでもいない。いい笑顔だった。私もそんな顔をしているはずだ。

「今わかったことがあるよ」

「何?」

「俺があの記事を書いたのは、俺みたいな人間をもう一人探すためだったんじゃないかって」

「ぬいぐるみじゃなくて?」

「うん。それが君で本当によかった」

私はものすごくうれしかったけれども、それを伝える前に、どうしても言いたいことができてしまった。

「沢木《さわき》さん」

「何?」

「あたしも、今わかったことがあるよ。あたしのぬいぐるみに対する気持ちを説明するための、似たような感情」

彼は首を傾《かし》げて、私の答えを待った。

「初恋の人に対する気持ちみたい」

「うわ〜……」

頭を抱えてしまった。

話し込んでいるうちに、園内の灯《あか》りが消え始めた。

「おお、やばいぞ」

私たちはあわてて階段を降り、入ってきたフェンスから園内に戻った。その時、私がしりもちをついて悲鳴をあげてしまう。

「こらー！」

大声が追いかけてきたので、私たちは走って逃げた。プールにいるところを見つからなければいいはずなのに、どうしてか焦《あせ》って、閉まった門からむりやり出てしまう。

車通りの激しいところへ出たので、喧噪《けんそう》に紛《まぎ》れて逃げきることはできたが、やっぱりやましいことはしない方がいいみたいだ。

「どうしてこんなに走らなきゃなんないのよ……」

「うーん、よく考えたら、あまり走る必要性はなかったな」

私は息を整えながら、周囲を見回す。

「ここ、どこなの？」

「この坂を登れば、すぐ駅だよ」

「じゃあ、電車乗って――」

「ああっ」

彼が、私の後ろ姿を見て、声をあげる。

「ジーパンの尻が……」

さっきのしりもちのせいで、どろどろに汚れていた。冷たいと思ったのだ。

「上着で隠せば平気じゃないかな」

「でも、上着も汚れるよ」

「じゃあ、どうすればいいの？」

ふと見ると、空車表示のタクシーが走ってくるのが見えた。

「あれに乗ろうか？」

私は、手を挙げた――。

「芙美《ふみ》ちゃん！」

その時、私から手を差し伸べたのか、彼が先に手を握ったのかは定かではなかったが
――私たちは、しっかりと手をつないでいた。もう絶対に離れないみたいに。

それは、走ってくるタクシーが無人だったからだ。

私たちは、ぽかんとその場に立ち尽くしていた。手を挙げたまま。

タクシーはスピードをゆるめ、私たちの前で止まった。

私は、彼の手をぎゅっと握った。どうしてだろう。怖いわけじゃないのに。彼の手から伝わってくるのは、あったかさだけだ。もしかしたらこれは、笑っているのかもしれない。

タクシーのドアが、ぱこ、とかわいらしい音をたてて、開いた。

あとがき

いつも「ぶたぶたシリーズ」を読んでくださっている方々も、これが初めての方も、お読みいただきありがとうございます。矢崎存美《やざきありみ》です。

いろいろな意味で〝流浪のぬいぐるみ〟山崎ぶたぶたのシリーズ第一作――ファンの方には「無印ぶたぶた」と言われているこの作品を、こうして再刊することができました。

知っている人も知らない人も、かわいいぬいぐるみだけど中身はただの中年男である「山崎ぶたぶた」の活躍を楽しんでいただければ、と思います。

この作品のあとがきを書くのは、三度目になります。

何しろ、初版が十四年前です。幸い、書き直さなければならないほどの箇所《かしょ》は皆無《かいむ》だったのですが、十四年の間に世間はちらほら変わっていて、今では使っていないものやそのままだと不自然な部分が少しだけありました。

直した箇所はもちろん、直さなかった箇所、直そうかどうしようか迷った箇所――結局のところ、すべて悩みました。

我ながら、どうしてこんなに悩むのかと思いましたが。二度出したものなのだし、データとして残っているので、活字を組み直しているわけではないのだから、極端なところ見なくてもいいくらい。

しかし、ちゃんと自分の作品を読み直すのも作家のお仕事です。そしたら、何と脱字を一つ見つけましたよ……。何人もの目にさらされていたはずなのに、誰も気づいていなかったとは。

十四年目にして見つけた脱字に、「もしかしてわざと?」と自分を疑いましたが、それはないないとツッコミにも似た否定をしたりして。

文章自体はそれほど変わっていませんが、今はあまり私が好まない言い回しを使っていたりして、「なつかしい」と思ってしまいました。

割《わり》と最近のぶたぶたシリーズを主にお読みの方には、「あれ?」と思うところがあるやもしれず。しかし、それもお楽しみの一つとしてそのままです。(気づかない可能性もありますけど)

今の時世と少しずれている表現が残っているかもしれませんが、悩んだ末に残したとお察しいただければ幸いです。十四年という月日が長いのか短いのか、ちょっと考えてしまいましたよ。

この作品に関しては、歴代担当編集さんを始め、お礼を言わなければならない方がたくさんいらっしゃるのですが、この場ではお一人だけにしておきます。

最初のぶたぶた、『初恋』を雑誌に掲載してくださった元講談社の編集者、故・宇山日出臣さんへ。

すべてはここから始まったのでした。

ありがとうございました。

矢崎存美 ぶたぶた シリーズ

BUTA-BUTA

大好評！

著作リスト

『ぶたぶた』
（廣済堂出版　1998年9月、徳間デュアル文庫　2001年4月、
徳間文庫　2012年3月　※本作品）

『刑事ぶたぶた』
（廣済堂出版　2000年2月、徳間デュアル文庫　2001年6月）

『ぶたぶたの休日』
（徳間デュアル文庫　2001年5月）

『クリスマスのぶたぶた』
（徳間書店　2001年12月　徳間デュアル文庫　2006年12月）

『ぶたぶた日記《ダイアリー》』
（光文社文庫　2004年8月）

『ぶたぶたの食卓』
（光文社文庫　2005年7月）

『ぶたぶたのいる場所』
（光文社文庫　2006年7月）

『夏の日のぶたぶた』
（徳間デュアル文庫　2006年8月）

『ぶたぶたと秘密のアップルパイ』
（光文社文庫　2007年12月）

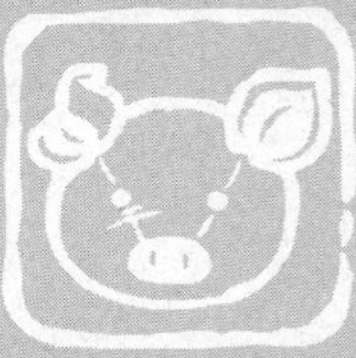
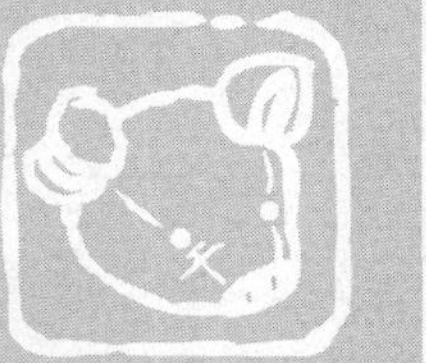

『訪問者ぶたぶた』
（光文社文庫　2008年12月）

『再びのぶたぶた』
（光文社文庫　2009年12月）

『キッチンぶたぶた』
（光文社文庫　2010年12月）

『ぶたぶたさん』
（光文社文庫　2011年8月）

『ぶたぶたは見た』
（光文社文庫　2011年12月）

◆マンガ原作

『ぶたぶた』
（安武わたる・画／宙出版　2001年11月）

『ぶたぶた2』
（安武わたる・画／宙出版　2002年1月）

『刑事ぶたぶた1』
（安武わたる・画／宙出版　2002年11月）

『刑事ぶたぶた2』
（安武わたる・画／宙出版　2003年1月）

『クリスマスのぶたぶた』
（安武わたる・画／宙出版　2003年11月）

『ぶたぶたの休日1』
（安武わたる・画／宙出版　2004年1月）

『ぶたぶたの休日2』
（安武わたる・画／宙出版　2004年6月）

◆単行本未収録短編

『BLUE ROSE』
（「SF Japan」／徳間書店　2006年秋季号）

この作品は2001年4月徳間デュアル文庫として刊行されました。なお、本作品はフィクションであり実在の個人・団体などとは一切関係がありません。

本書のコピー、スキャン、デジタル化等の無断複製は著作権法上での例外を除き禁じられています。本書を代行業者等の第三者に依頼してスキャンやデジタル化することは、たとえ個人や家庭内での利用であっても著作権法上一切認められておりません。

徳間文庫

ぶたぶた

© Arimi Yazaki 2012

2012年3月15日 初刷
2021年11月25日 7刷

著者 矢《や》崎《ざき》存《あり》美《み》
発行者 小宮英行
発行所 株式会社 徳間書店
東京都品川区上大崎三―一―一 〒141―8202
目黒セントラルスクエア
電話 編集〇三(五四〇三)四三四九
販売〇四九(二九三)五五二一
振替 〇〇一四〇―〇―四四三九二
印刷
製本 大日本印刷株式会社

ISBN978-4-19-893523-8 (乱丁、落丁本はお取りかえいたします)

徳間文庫の好評既刊

矢崎存美
刑事ぶたぶた

　春日署に配属された新人刑事の立川くん。教育係になった山崎ぶたぶたさんは、なんと、ピンク色をしたぶたのぬいぐるみ。立川くんがびっくりしている間もなく、管内で起きる数々の事件に、ぶたぶたさんは可愛いらしい容姿で走り、潜入し、立ち向かう！

矢崎存美
ぶたぶたの休日

　大学の卒業間際になっても将来が決められない。そんなとき、親に勧められたお見合いの相手がいい人で、とんとん拍子に結婚が決まってしまった。順調な日々とは裏腹に不安を抱えたある日、街中で占いをしているピンクのぶたのぬいぐるみを見つけて……。

徳間文庫の好評既刊

矢崎存美
夏の日のぶたぶた

　中学二年の一郎は父親の経営するコンビニで毎日お手伝い。母親が実家に帰ってしまったためだ。ある日〝幽霊屋敷〟と呼ばれている家に配達を頼まれた。勇気をふりしぼってドアをノック。出迎えたのは、なんとピンク色をしたぶたのぬいぐるみだった！

矢崎存美
クリスマスのぶたぶた

　大学生の由美子は、クリスマスだというのに体調不良。おまけに、元彼がバイト先に来ちゃったりして、ますますツラくなり……。早退けさせてもらった帰り道、ぶたのぬいぐるみが歩いているところに遭遇。これは幻覚？　それとも聖なる夜が見せた奇跡？

徳間文庫の好評既刊

矢崎存美

ぶたぶたの花束

最近、アイドルの玲美《れみ》はストーカーにつきまとわれていた。そこで事務所の社長が連れてきたボディガードは、なんとバレーボールくらいの大きさをした動くピンク色のぶたのぬいぐるみ!?　ライブも一緒についてきてくれるし、家で悩みとかも聞いてくれて、怖い思いが和らいできたとき……。心が弱ったとき、山崎ぶたぶた(♂)と出会った人々に起こる奇蹟を描くハート・ウォーミング・ノベル。